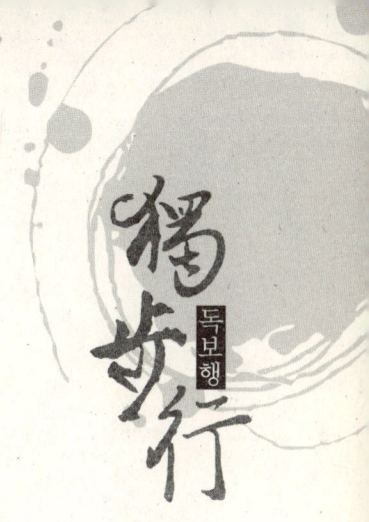

獨步行 독보행

임영기 新무협 판타지 소설

FANTASTIC ORIENTAL HEROES

독보행 6

임영기 新무협 판타지 소설

초판 1쇄 찍은 날 § 2013년 5월 3일
초판 1쇄 펴낸 날 § 2013년 5월 9일

지은이 § 임영기
펴낸이 § 서경석

편집부장 § 권태완
편집책임 § 박가연
디자인 § 신현아

펴낸곳 § 도서출판 청어람
등록번호 § 제1081-1-89호
등록일자 § 1999. 5. 31
어람번호 § 제2-2336호

주소 § 경기도 부천시 원미구 심곡2동 163-2 서경B/D 3F (우) 420-822
전화 § 032-656-4452 팩스 § 032-656-4453
http://www.chungeoram.com
E-mail § chungeorambook@daum.net

ⓒ 임영기, 2013

ISBN 978-89-251-3280-8 04810
ISBN 978-89-251-3153-5 (세트)

※ 파본은 구입하신 서점에서 교환하여 드립니다.
※ 저자와 협의하여 인지를 붙이지 않습니다.
※ 이 책은 도서출판 청어람과 저작자의 계약에 의해 출판된 것이므로,
  무단 전재 및 유포·공유를 금합니다.

6

발해 왕자(渤海王子)

獨步行
독보행

임영기 新무협 판타지 소설

FANTASTIC ORIENTAL HEROES

도서출판 청어람

제56장	삼족오검풍(三足烏劍風)	7
제57장	한 번 죽다	39
제58장	침묵의 충심(忠心)	71
제59장	북진(北進) 삼족오선(三足烏船)	95
제60장	사나이 눈물	121
제61장	발해(渤海)	155
제62장	향격리랍(香格里拉)	183
제63장	붉고 푸른 삼족오	213
제64장	두 가지 선택	239
제65장	대동이단(大東夷團)	263
제66장	악마의 딸	289

第五十六章
삼족오검풍(三足烏劍風)

투우… 투악!

대무영은 수로의 막다른 벽 위로 쏜살같이 솟구쳐 오르면서 전방을 향해 오른손 주먹을 내뻗어 건너치기를 연속 두 차례 발출했다.

거리가 반 장 남짓으로 가깝기 때문에 최초의 건너치기는 실패할 리가 없다.

그러나 문제는 상대가 두 명이라는 점이다. 원래는 두 손으로 다 건너치기를 전개할 수 있으나, 지금 상황에서는 오른손만 사용하는 것이 성공 확률을 높일 수 있다. 하지만 연속적으로 발출하기 때문에 첫 번째와 두 번째 사이의 공백이 문제다.

그 찰나의 순간에 두 번째 적이 어떤 행동을 취할 수도 있기 때문이다.

퍽!

"끅!"

대무영하고 눈이 마주쳤던 가까운 쪽의 고수는 재빨리 어깨의 검으로 손을 가져가려다가 얼굴이 짓뭉개졌다.

그 너머의 고수는 두 번째 건너치기에 적중되기 직전에 반사적으로 검을 절반쯤 뽑다가 역시 얼굴이 통째로 박살 났다. 검을 다 뽑았다면 작은 소리가 났을 텐데 정말 다행한 일이다.

뻭!

대무영은 나는 듯이 달려가서 쓰러지고 있는 두 명을 양팔로 재빨리 붙잡아 조심스럽게 바닥에 눕혔다.

그러면서 자세를 최대한 낮추고 혹시 누가 이 광경을 보지 않았는지 주위를 살폈다. 전각의 전문 앞은 보통 사방이 트인 곳이라서 위험하다.

그러던 그는 흠칫 가볍게 놀랐다. 그가 등지고 서 있는 전각과 그 옆의 전각 사이의 골목에서 두 명의 홍의 고수가 빠르게 쏘아 나오면서 이쪽을 쳐다보려고 고개를 막 돌리고 있는 것을 목격했다.

그들은 방금 이곳에서 발생한 소리를 듣고 쏘아 나오는 것이 분명했다.

슉—

두 명의 홍의 고수 얼굴이 이쪽을 향하는 순간 대무영이 화살처럼 빠르게 그들에게 쏘아갔다.

거리가 무려 십여 장이나 되기 때문에 도저히 건너치기는 전개할 수가 없어서 최대한 거리를 좁히며 수리검을 던질 생각이다.

사람은 아무리 고수라고 해도 어떤 광경을 보는 즉시 적절한 대응을 취할 수는 없다.

눈으로 본 것을 뇌가 인지하고 또 몸에 명령을 내리는 시간이 필요하기 때문이다.

그 시간이 비록 촌각을 백으로 쪼갠 찰나지간이라고 할지라도 그것이 바로 생사를 가르는 법이다.

두 명의 홍의 고수는 전문 앞에 벌어져 있는 광경을 발견하고 움찔 놀랐다.

놀라느라 대응은커녕 어떻게 해야 하는지 미처 뇌의 명령을 받지 못했다.

전문 앞에 벌어져 있는 상황을 목격했으면 대응이 빠를 수도 있었겠지만 대무영이 무서운 속도로 쏘아오는 것을 발견하고는 대응에 앞서 놀랐기 때문이다.
 그렇지만 홍의 고수들보다 그들을 먼저 발견하고 미리 준비하고 있던 대무영은 그 찰나지간을 최대한 이용하여 공격을 펼친 것이다.
 슈슉—
 쏘아가기 시작하면서 두 손이 번개같이 품속으로 들어가 수리검을 뽑은 대무영은 거리가 칠팔 장으로 좁혀지자 양 손목을 안으로 잔뜩 굽혔다가 힘껏 수리검을 쏘아냈다.
 두 자루 수리검이 그의 손을 떠날 때에는 육 장 정도로 거리가 더 좁혀진 상황이다.
 두 명의 홍의 고수는 반사적으로 몸을 기울여 피했다. 하지만 그때는 이미 두 자루 수리검이 그들의 목과 콧등에 쑤셔 박히고 있었다.
 대무영은 두 명 다 수리검을 목에 맞추려고 했는데 하나가 빗나가서 콧등에 꽂혔다. 뒤쪽에 있는 자가 잘 보이지 않았기 때문이다.
 목에 꽂혀야지만 비명을 제대로 지르지 못하고 신음을 최소화할 수 있기 때문인데 실패했다.
 "크아……."
 팍!
 수리검이 콧등에 꽂힌 자가 막 비명을 지르려고 할 때 땅을 박차고 쏘아온 대무영의 동이검이 그자의 목을 단칼에 잘라 버렸다.

순식간에 홍의 고수 네 명을 처치한 대무영은 이것으로 일단 한시름 놓을 수 있다고 생각했다.

하지만 그것은 그의 오산이다. 그가 홍의 고수의 목을 자르고 땅에 내려서기도 전에 방금 죽인 두 홍의 고수가 나온 골목 안 끝에서 또 다른 두 명의 홍의 고수가 이쪽으로 바람처럼 달려오면서 어깨의 검을 뽑고 있었다.

차창!

검을 뽑는 소리는 그다지 크게 나지 않았으나 웬만한 고수들이라면, 그리고 최소 수십 장 거리에서는 충분히 들을 수 있을 터이다.

이로써 대무영의 잠입은 실패했다고 할 수 있다. 이제 곧 검 뽑는 소리를 들은 고수들이 몰려올 것이다.

그렇지만 이 상황에서도 대무영은 도주해야겠다는 생각은 전혀 들지 않았다.

어차피 발각된 마당에 이대로 물러났다가 다시 잠입한다는 것은 어불성설이다.

생각은 더 이어지지 않았다. 두 명의 홍의 고수가 골목을 빠른 속도로 쏘아오고 있기 때문이다.

그런데 그는 문득 이상한 생각이 들었다. 두 명의 홍의 고수가 곧장 공격해 올 뿐 침입자가 있다고 소리를 지르거나 호각 따위를 불어서 동료들에게 알리지 않았다. 마치 자신들이 대무영을 충분히 제압할 수 있다는 듯한 행동이다.

 어쨌든 이것저것 생각할 겨를이 없다. 우선 마주쳐 오는 두 명의 홍의 고수부터 죽여야 한다.

 한시라도 빨리 처치하려면 먼 거리에서 검풍을 전개해야 한다고 생각했다.

 하지만 그는 원래 능력이 완전하게 회복되지 않은 상태이기 때문에 검풍을 전개할 수 있을지 의문이다.

 수련을 할 때 검풍은 전개해 보지 않았었다. 그렇더라도 지금은 선택의 여지가 없다.

 최초에 대무영과 골목 안쪽에서 쏘아오는 두 명의 홍의 고수와의 거리는 이십여 장에 달했으나 지금은 십오륙 장으로 좁혀들었다.

 대무영은 전력으로 달리고 있으며 적들도 마주 쏘아오고 있으므로, 검풍을 전개하는 시점은 거리가 십여 장으로 더 좁혀드는 지점일 것이고, 검풍이 발출되는 시점에는 칠팔 장으로 더 좁혀들 테니까 일말의 성공 가능성이 있다.

 더구나 적들은 직접 몸으로 부딪쳐서 싸울 생각을 하고 있을 터이니 검풍을 발출하는 것은 허를 찌르게 될 터이다. 그러므로 반드시 성공해야 한다. 허를 찌르지 못하는 급습은 하나마나다.

그는 나는 듯이 짓쳐가다가 두 발로 지면을 힘껏 박차고 비스듬히 쏘아 오르는 것과 동시에 동이검을 맹렬하게 두 차례 떨치면서 검끝을 떨듯이 파르르 흔들어 찰나지간 두 개의 원을 발출했다.

휘오오—

그러자 예전에 보통 검으로 검풍을 전개했을 때하고는 전혀 다른 음향이 동이검에서 흘러나왔다.

그래서 그는 검풍이 발출되지 않았을지도 모른다는 생각이 들었다.

그것은 초식을 직접 전개하는 사람이 누구보다 잘 안다. 체내의 외공기가 팔을 통해서 검에 주입되는 정도와, 검을 떨쳐낼 때 감지되는 진동 등으로 알 수 있는 것이다. 그렇게 봤을 때 이 검풍의 전개는 실패인 것 같았다.

대무영은 어쩔 수 없이 부딪쳐서 싸우는 수밖에 없다고 생각했다. 그러자면 더 빨리 거리를 좁히는 수밖에 없다.

그런데 그 순간 그의 눈앞에서 전혀 뜻하지 않은 일이 벌어졌다.

휘오오오—

그는 검풍이 만들어지지 않았고 그래서 발출되지 않을 것이라고 생각했는데 동이검에서 붉은 빛줄기 하나가 마치 강궁을 쏘아낸 것처럼 무서운 속도로 튀어나가고 있는 것을 발견했다.

'저건 뭔가?'

그가 의아하게 생각하고 있을 때 붉은 빛줄기, 즉 홍염(紅炎)은 그가 한 번도 본 적이 없는 절륜한 빠르기로 두 명의 홍의 고수를 향해 일직선으로 쏘아가고 있었다.

그리고 다음 순간에는 그를 두 번째 놀라게 만드는 일이 벌어졌다.

홍염이 두 개로 갈라지는가 싶더니 그것들은 어떤 형체를 갖추었다.

'삼족오?'

그렇다. 붉은 빛무리 속에 감춰져서 흐릿하게 보이지만 그것은 틀림없는 삼족오였다.

동이검 검신에는 붉은빛이 감도는 둥근 원 안에 역시 붉은색의 한 마리 까마귀가 날개를 접고 있는 모습이 있었는데 지금 두 홍의 고수를 향해 쏘아가고 있는 것은 분명히 바로 그 붉은 삼족오의 형상을 하고 있었다.

순간 대무영은 반사적으로 동이검을 쳐다보았다. 그런데 검신에 있어야 할 붉은 삼족오가 없었다.

그렇다면 지금 저기 쏘아가고 있는 삼족오가 바로 검신에 있던 그 삼족오라는 뜻이다.

그에게만 보이는 검신의 삼족오가 살아 있는 것처럼 쏘아 나가 움직이고 있다니, 정녕 믿을 수 없는 일이 지금 일어나고 있었다.

아무런 소리도 나지 않은 상태에서, 그리고 대무영이 지켜보고 있는 가운데 두 마리 붉은 삼족오가 두 명의 홍의 고수들을 덮치듯이 스쳐갔다.

그 순간 대무영은 문득 어떤 생각이 들었다. 저 삼족오는 그의 눈에만 보이는데 혹시 저 두 명의 홍의 고수 눈에는 보이지 않는 것이 아닐까 하고 말이다.

후두두…….

그런데 두 명의 홍의 고수가 가슴 윗부분이 마치 가위로 종이를 자른 것처럼 켜켜이 조각조각 베어지고 잘라져서 무너져 내리는 것이 아닌가.

그리고는 두 마리 삼족오가 씻은 듯이 사라졌다. 대무영이 급히 동이검을 보자 삼족오는 어느새 검신에 돌아와 날개를 접고 있었다.

"이건 도대체……."

어느덧 멈춰선 그의 앞에서 가슴 윗부분을 잃은 두 명의 홍의 고수가 풀썩풀썩 쓰러졌다.

그리고 그 위로 종잇장처럼 얇게 썬 듯한 그들의 윗부분이 핏물과 함께 후두둑 쏟아졌다.

대무영은 지금이 어떤 상황인지도 잊은 듯 그 자리에 우두커니 서서 동이검을 이리저리 살펴보았다.

방금 그가 목격한 것은 동이검 검신에서 붉은 삼족오가 튀어나가 적 두 명을 죽이는 광경이었다. 그것은 절대로 검풍이라고 할 수가 없다.

그냥 죽인 것이 아니라 단지 스쳐 지났을 뿐인데 마치 책자의 책처럼 켜켜이 썰어서 죽여 버렸다.

그것은 어떤 무공으로도 흉내를 낼 수 없는 신비하고도 굉장한 광경이 아닐 수 없었다. 그래서 그는 귀신에 홀린 듯 얼떨떨한 기분이다.

"삼족오……."

나직이 중얼거리던 그의 뇌리에 그 순간 번쩍 스치는 한 가지가 있었다.

동백촌 앞 강물 속에 동이검을 빠뜨렸을 때 봤던 삼족오의 춤, 즉 삼족오무가 생각났다.

'혹시 방금 전에 삼족오가 튀어 나간 것은 삼족오무하고 연관이 있지 않을까?'

설마 하는 심정에 그렇게 결부시켜보았다. 그런 생각이 너무도 자연스럽게 떠올랐다. 삼족오무는 지금까지도 여전히 풀리지 않는 수수께끼이기 때문이다.

그렇다고 해서 방금 전 그 일과 삼족오무에서 어떤 연관성을 발견한 것은 아니다.

단지 둘 다 '삼족오'라는 특성, 즉 공통점을 갖고 있다는 사실에 생각이 미친 것이다.

그때 대무영은 칠팔 장 거리의 골목 끝에서 두 명의 홍의 고수가 나타나 곧장 쏘아오는 것을 발견했다.

뿐만 아니라 그가 지나온 골목 입구에서도 역시 두 명의 홍의 고수가 짓쳐오고 있었다.

그걸 보고 그는 퍼뜩 한 가지 사실을 깨달았다. 지금까지 홍의 고수들은 계속 꼬리를 물고 나타났었다. 처음에 수로가 끝나는 곳 전문 앞을 지키는 두 명을 죽이니까 골목 입구에서 두 명이 불쑥 나타났었다.

그들을 죽이니까 골목 안쪽에서 또다시 두 명이, 그리고 그들을 죽이자 이제는 골목 양쪽에서 두 명씩 네 명이 협공을 해오고 있다.

이제 보니까 그들은 마치 하나의 끈으로 연결되어 있는 것 같았다. 그렇다. 그것은 끈이 분명했다.

사실 모든 홍의 고수들은 이인 일조로 행동을 하는데 하나의 조를 또 다른 조가 지켜보고 있었던 것이다.

즉, 일(一)의 두 명을 이(二)의 두 명이 지켜보고 있으며, 그들은 다시 삼(三)의 두 명이 줄곧 지켜보고 있다.

그런 식이라면 홍의 고수가 몇 명이 됐든 맨 마지막의 두 명은 최초의 두 명을 지켜보고 있는 것이 된다.
즉, 그들은 하나의 원이다. 원은 하나로 이어져 있으며 처음과 끝이 같다.
지금 네 명이 골목 양쪽에서 대무영을 합공해 오고 있는 것은 두 명으로는 상대할 수 없다는 판단 때문에 두 개의 조가 나선 것일 게다.
말하자면 처음에는 홍의 고수 두 명씩 두세 번쯤 공격을 해서 간을 본 다음에 안 되겠다 싶으면 여럿이 합공을 감행하는 방법인 것 같았다.
펄럭……
우뚝 서 있던 대무영은 머리 위에서 미약한 파공음을 듣고 고개를 들었다가 골목 양쪽의 전각 지붕에서 각 두 명씩 네 명의 홍의 고수가 머리를 아래로 한 자세로 빠르게 쏘아 내리고 있는 것을 발견했다.
그러나 대무영은 여덟 명에게 포위당한 상황에서도 처음 이곳 북금창에 잠입했을 때처럼 긴장하지도 낭패한 기분도 들지 않았다.
동이검으로 검풍을 전개하면 검신의 붉은 삼족오가 발출된다는 뜻밖의 사실을 알아냈기 때문이다. 그것이 든든한 힘이 돼주어서 홍의 고수가 몇 명이든 다 무찌를 수 있을 것 같았다.

그러나 일말의 긴장을 하지 않는 것은 아니다. 만약 조금 전에 검신에서 삼족오가 뿜어진 것이 어쩌다가 일어난 우연이라면, 그래서 다시는 그런 일이 일어나지 않는다면 그야말로 낭패다.

그래서 그는 조금 전하고 똑같이 유운검법 제삼초식 구궁섬광을 전개하면서 외공기를 주입하며 머리 위를 향해 동이검을 맹렬하게 떨쳤다.

후오오—

예의 그 기이한 음향이 흐르자 그는 가슴 밑바닥으로부터 안도의 기분이 들었다.

단 한 번 들었을 뿐인 음향인데 마치 자신의 심장박동 소리처럼 친숙한 느낌이다.

휘우우—

동이검에서 발출된 한 줄기 붉은빛이 두 개로 갈라지고, 그것이 두 마리 붉은 삼족오가 되어 가장 선두에서 하강하고 있는 홍의 고수 두 명의 허리 위를 스쳤다.

그것은 흡사 흐릿한 달빛이 사물을 쓰다듬는 듯 신비해서 살인하고는 사뭇 동떨어진 환상적인 광경이다. 그로써 두 명은 조금 전의 홍의 고수처럼 상체가 켜켜이 썰어져서 허공중에 흩어졌다.

대무영은 어느새 또다시 구궁섬광을 전개하고 있었다. 지금 그는 신들린 듯한 기묘한 황홀감에 빠져든 상태라서 두 마리 붉은 삼족오가 동이검으로 돌아와야 한다는 사실을 잠시 망각하고 있었다.

단지 머리 위에서 홍의 고수 네 명이 하강하고 있으므로 남은 두 명을 더 죽이려면 재차 검풍을 전개해야 한다는 생각만 했다.

그리고는 동이검을 막 떨치는 순간 아직 삼족오가 동이검 검신으로 돌아오지 않았다는 사실을 뒤늦게 기억해냈다.

'실수다.'

그가 아차 하는 마음이 들었을 때 마침 또 다른 이변이 벌어지고 있었다.

방금 두 명의 홍의 고수 상체를 종잇장처럼 켜켜이 썰고 높이 솟구치면서 막 사라지려고 했던 두 마리 삼족오가 다시 제 모습을 선명하게 되찾더니 급격하게 아래로 방향을 꺾어 번갯불처럼 내려꽂혔다.

휘오오―

또 하나의 새롭고도 경이로운 사실, 즉 삼족오가 동이검에 돌아오지 않고도 계속 전개할 수 있다는 사실을 알게 된 대무영은 기쁨을 억누르고 골목 양쪽에서 쏘아오고 있는 각각 두 명씩의 홍의 고수를 향해 동이검을 떨쳤다. 여전히 삼족오가 검신으로 돌아오지 않았으나 이번에는 전혀 걱정하지 않았다.

동이검에서 삼족오가 발출되어 홍의 고수들을 죽이는 광경이 찰나지간에 벌어졌기 때문에 골목 양쪽의 홍의 고수들은 미처 그 사실을 발견하지 못했다.

아니, 어쩌면 그들의 눈에는 삼족오가 아예 보이지 않는지도 모른다.

아무 소리도 들리지 않았는데 삼족오는 어느새 제집인 양 동이검에 돌아와 있었다.

쿠쿠쿵!

그리고 잠시 후에 허공에서 네 구의 상체 잃은 시체와 골목 양쪽에서 달려오던 역시 어깨 위나 상체가 없는 네 구의 시체가 앞다투어 쓰러졌다.

"흠!"

대무영은 오른손의 동이검을 들어 올려 삼족오를 굽어보면서 흥분으로 가벼운 콧김을 흘렸다.

이것은 절대 꿈이 아니다. 골목 여기저기에 어깨 위나 상체를 잃고 죽은 시체들이 그 증거다.

그는 갑자기 용기백배하여 힘이 마구 솟구쳤다. 천군만마가 생긴 기분이다.

북금창에 아무리 많은 금은보화가 있어서 그것을 다 차지

했다고 해도 지금 이 벅찬 희열에는 미치지 못할 것이다. 그걸 보면 그는 어쩔 수 없는 무인이다.

그래서 그는 계획을 완전히 바꿨다. 정탐하러 북금창에 들어왔으나 삼족오검풍만 있으면 두려울 것이 없다. 그의 눈에 으스스한 살기가 번들거렸다.

'모조리 쓸어버리겠다.'

대무영은 북금창 내부를 한 바퀴 도는 동안 대략 삼십여 명의 홍의 고수를 죽였다. 그러고 나서 가장 널찍한 광장 한가운데에 우뚝 멈춰 섰다.

물론 전부 삼족오검풍을 전개해서 죽였다. 손쉽게 전개해서 깨끗하게 죽일 수 있는 수법이 있는데 일부러 다른 초식으로 어렵게 죽일 필요가 없다.

처음 수로에서 나와 전각 앞과 골목에서 죽인 자들까지 약 사십여 명을 죽인 셈이다.

그는 두 가지 목적으로 북금창 내부를 한 바퀴 돌았다. 첫째는 내부의 지리를 눈여겨보면서 돈을 보관해 두었을 만한 전각을 찾으려는 것이고, 둘째는 북금창 내의 고수들을 한곳으로 끌어내려는 것이다.

첫째 목적은 얼추 이룬 것 같다. 다른 전각들하고는 달리 매우 견고하게 보이고 또 입구 하나 외에는 건물 전체에 창이 하나도 없는 특이한 모습의 전각을 발견했다.

그라면 그런 곳에 돈을 보관할 것이다. 그래서 그곳에 돈이 있을 것이라고 확신했다.

두 번째 목적도 달성한 것 같다. 지금 광장의 사방에서 어둠이 내리듯 검은 인영이 꾸역꾸역 몰려들고 있었다.

그는 북금창에 있는 적들을 모조리 죽이기로 작정한 이상 일일이 찾아다니지 않기로 했다.

북금창에서 가장 넓은 광장으로 모조리 끌어내서 한꺼번에 죽일 계획이다.

지금 그가 믿는 것은 삼족오검풍이다. 그것이 무엇인지, 어떻게 된 원리인지는 모르지만 한 가지는 분명하다. 외공기를 주입하여 구궁섬광을 전개하면 동이검에서 붉은 삼족오가 뿜어져서 적들을 켜켜이 썬다는 사실이다.

일각쯤 후에 몰려들던 적이 그쳤으며, 그 수는 대략 육십여 명 정도다.

하지만 그들이 전부는 아닐 것이다. 대무영을 한복판에 가두고 겹겹이 모여서 아직 공격하지 않는 적들이 모두 홍의 경장을 입고 있는 것으로 미루어 대무영이 죽인 사십여 명의 홍의 고수들과 같은 계열인 듯했다.

즉, 북금창에는 마학사 휘하 대천계의 세 번째인 광황계와 비황계. 철황계 세 개의 계가 지키고 있다던데 홍의 고수는 그들 중 하나의 계일 것이다.

그렇다면 일계는 백 명으로 이루어졌고, 북금창은 도합 삼백 명이 지키고 있다는 뜻이다.

대단한 수다. 설마 그렇게 많은 자가 북금창을 지키고 있을 줄은 예상하지 못했었다.

만약 삼족오검풍이 아니었다면 대무영은 지금 실력으로 절대 북금창에서의 목적을 달성하지 못했을 것이다.

오십여 명의 홍의 고수에게 겹겹이 포위당한 상태인 대무영은 자못 긴장했으나 또한 삼족오검풍을 전개하여 이 많은 적과 싸운다는 생각에 묘한 흥분과 두근거림을 느끼기도 했다.

그렇지만 언제나 그랬던 것처럼 두려움은 추호도 없다.

"너는 누구냐?"

그때 홍의 고수들 사이에서 누군가 굵직하고 낮은 목소리로 말했다. 대무영이 북금창에 잠입한 이후 최초로 들어보는 목소리다.

그가 방금 말한 인물을 쳐다보니까 그자만 혼자서 홍의 장삼을 입고 있었다. 그것은 그자가 우두머리, 즉 계주라는 뜻일 게다.

"알 것 없다."

대무영은 계주의 물음을 묵살했다. 누군가의 물음에 일일이 대답을 해줄 만큼 그는 친절한 성격이 아니다.

원래대로 한다면 계주는 대무영의 신분 같은 것을 묻지 않고 무조건 죽이려고 했을 것이다. 그것이 북금창을 수호하는 방침이기 때문이다.

그러나 대무영은 혼자서 계주의 수하 사십여 명을 죽였다. 지금까지 이런 일이 없었기에 계주는 침입자의 신분이 궁금하여 물은 것이다.

그런데 대무영이 오만하게 질문을 묵살하자 계주는 기분이 상한 듯 뺨을 씰룩였다.

계주는 대무영이 자신의 수하를 두 명씩 이십여 번에 걸쳐서 사십여 명을 죽였을 것이라고 짐작하고 있다.

아무리 살펴봐도 대무영이 절정고수처럼 보이지는 않았기 때문이다.

또한 계주는 자신의 수하들 각자의 실력이 평범하지는 않다고 믿고 있다.

그러므로 대무영이 이제 곧 펼쳐질 육십여 명의 합공에서는 절대로 살아나지 못할 것이라고 확신했다.

"쳐라."

계주는 짧게 명령을 내리고는 팔짱을 끼고 천천히 뒷걸음질 쳐서 물러났다. 굳이 자신이 직접 나서지 않아도 될 것이라고 생각했다.

그러나 그런 생각은 뒤로 채 세 걸음을 물러나기도 전에 산산이 깨졌다.

휘오오—

그가 첫 걸음을 물러났을 때 허공에서 기이한 음향이 울려퍼졌다.

그리고 두 걸음 째에는 공격하고 있는 수하들 앞쪽에서 종잇장처럼 얇은 그 무엇들이 핏물과 함께 허공으로 솟구치는 광경을 보았다.

마지막 세 걸음 물러나고 있을 때 공격하고 있는 수하들 제일 앞줄이 우수수 무너지는 광경을 뒷줄 수하들 사이로 발견했다.

계주는 주춤 그 자리에 멈춰서 눈을 크게 떴다. 그의 부릅뜬 눈에 두 번째 줄의 수하들이 추풍낙엽처럼 우수수 거꾸러지는 광경이 보였다.

"저게 무슨……"

계주의 반쯤 벌어진 입술 사이로 어이없는 듯한 신음 소리가 흘러나왔다.

이제 공격하는 수하들은 마지막 한 줄밖에 남지 않았다. 순식간에 사십여 명이 도륙당한 것이다.

그 덕분에 한복판에 우뚝 선 채 혼자서 춤을 추듯이 빙글빙글 회전하면서 검을 휘두르고 있는 대무영의 모습이 조금 더 잘 보였다.

 말 그대로 대무영은 춤, 즉 검무를 추고 있는 것 같았다. 빙글빙글 회전하면서 수중의 검으로 베고 찌르고 검첨을 떨면서 무수한 작은 원을 만들어냈다.

 더욱 놀라운 광경은, 대무영과 수하들과의 거리가 이 장 이상이나 떨어져 있다는 사실이다.

 그런데도 덮쳐들던 수하들이 얼굴과 상체가, 그리고 몸의 한쪽이 켜켜이 썰어져서 흩어졌다.

 그것은 마치 바람 때문인 듯했다. 불어오는 바람이 수하들의 몸을 켜켜이 썰어서 날려 버리는 것 같았다. 눈에 보이지도 않는 바람을 당할 수는 없는 노릇이다. 도저히 피할 재간이 없는 것이다.

 '설마 검기라는 말인가?'

 계주는 자신의 눈을 의심했다. 물론 그는 검기를 전개하지 못하지만 절정고수들은 검기를 발출한다는 사실을 잘 알고 있다.

 하지만 듣기로는 검기는 번쩍이는 빛이 보인다고 하는데 대무영의 공격은 전혀 보이지 않았다. 그렇기 때문에 검기라고 단정 지을 수도 없다.

 계주가 홀린 듯이 넋을 잃고 쳐다보고 있는 가운데 대무영은 신들린 듯이 동이검을 휘둘렀다.

공격하는 홍의 고수들의 눈에 그가 마치 제 흥에 겨워서 덩실덩실 검무를 추는 것처럼 보이는 것은 무리가 아니다. 붉은 삼족오가 보이지 않기 때문이다.
　하지만 그의 눈에는 자신이 발출하고 이끄는 대로 삼족오가 이리저리 번갯불처럼 날아다니면서 적들을 썰어대는 광경이 뚜렷이 보인다.
　홍의 고수들이 대천계의 세 번째 등급인 황계의 고수들이라고 하지만, 도대체 눈에 보이지도 않는 공격을 어떻게 피할 수 있다는 말인가.
　어느 방향에서 어떤 식으로, 게다가 대체 무엇이 공격하는지도 모르는 판국에 속수무책으로 당할 수밖에는 도리가 없는 것이다.
　계주는 자신의 눈앞에서 벌어지고 있는 광경이 현실이라고 여겨지지 않았다.
　계주, 즉 광황계주인 그는 쟁천십이류 아홉 번째 등급인 후선의 실력자다.
　북금창을 맡은 지 삼 년이 되었지만 지금까지 대무영 같은 이해불가의 고수는 처음 본다.
　광황계주가 넋을 잃고 멍하니 서 있는 동안 수하 육십여 명이 모조리 죽어갔다.
　그들은 대부분 머리를 포함한 상체가 사라진 모습이지만

허리가 뭉텅 잘라지거나 몸통 한쪽이 떨어져 나간 수하도 더러 있었다. 그러나 모두 죽었다는 점에서는 똑같았다.

한차례 피의 폭풍이 휩쓸고 지나간 후, 대무영은 동이검을 늘어뜨린 채 우뚝 서 있고, 광황계 고수들은 그의 이 장 바깥쪽 땅에 목불인견의 참혹한 모습으로 뒤죽박죽 뒤엉켜서 죽어 있다.

그들이 방금 전까지 살아서 숨을 쉬고 움직이던 사람이라고는 믿어지지 않는 광경이다.

망연자실하던 광황계주는 문득 역한 피비린내를 느끼고 번쩍 정신을 차렸다.

아니, 완전히 정신을 수습한 것이 아니라 아직도 어느 정도는 비몽사몽간이다.

"너는 도대체… 누구냐?"

대무영은 입술 끝으로 비릿하게 미소 지었다.

"대무영이다."

"대무… 헛?"

광황계주는 가볍게 움찔했다. 그는 단목검객 대무영에 대해서 알고 있다.

대천계의 윗사람들로부터는 아무런 언질도 받지 못했으나 강호에 쟁쟁한 소문을 들었기 때문이다.

그는 또한 단목검객이 쟁천십이류의 군주였다가 철심도

진명군에게 패하여 죽었다는 소문도 들었다.

그런데 죽었다는 그 단목검객이 이곳에 나타나서 파란을 일으키고 있는 것이다.

"네가 정말 단목검객이냐?"

"그렇다. 마학사가 말해주지 않더냐?"

광황계주의 얼굴이 흐려졌다.

"마학사가 무엇 때문에 그걸 내게 말해줘야 하느냐?"

대무영은 뭔가 이상함을 느꼈다. 마학사는 광황계주의 상전일 텐데 말투가 불경했기 때문이다.

"마학사를 모르느냐?"

광황계주는 이런 상황에서 쓸데없는 것을 물어본다는 듯 눈살을 찌푸렸다.

"강호에서 마학사를 모르는 자가 어디에 있겠느냐? 그자는 죽음의 전령사이며 쟁천십이류끼리 싸움을 붙여서 돈푼이나 뜯어먹는 추잡한 늙은이가 아니냐?"

대무영은 광황계주가 자신의 최고 상전이 마학사라는 사실을 모른다고 확신했다.

알고 있다면 마학사를 '추잡한 늙은이'라고 절대 욕하지 못할 것이다.

"단목검객은 철심도 진명군에게 죽었다던데 헛소문이었군. 도대체 너는 무엇 때문에 이곳에 침입해서 무고한 사람들을 죽이는 것이냐?"

대무영은 재빨리 상황 판단을 하고 나서 대꾸했다.

"나는 너희들의 최고 우두머리를 찾고 있다."

광황계주는 뺨을 씰룩거리며 못마땅한 표정을 지었다.

"이곳은 평범한 장원일 뿐이고 장주께선 지금 출타 중이시다."

대무영은 그것이 거짓말이라고 간파했다.

"훗! 장주라고? 나는 이곳이 북금창이라는 사실을 이미 알고 있으니 헛수작 부리지 마라."

대무영은 비릿하게 미소 지으면서 천천히 걸음을 옮겨 광황계주에게 다가갔다.

광황계주는 두 가지 때문에 움찔했다. 이곳이 북금창이라는 사실은 극비인데 대무영이 알고 있다는 것과, 그가 다가오고 있다는 사실 때문이다.

대무영은 광황계주와 몇 마디 대화를 나누는 동안 한 가지 결정을 내렸다.

그를 제압해서 그가 자신의 최고 우두머리를 과연 누구라고 알고 있는지, 그리고 남금창의 위치를 알아내야겠다는 생각을 했다.

기회가 닿는다면 북금창에 이어서 남금창까지 털어서 마학사에게 더 큰 타격을 입히고 싶었다.

그는 재빨리 주위를 둘러보면서 다른 자들이 나타날 것에 경계했으나 아직은 어떤 기척도 느껴지지 않았다.

철컥—

그는 광황계주 일 장 전면에 우뚝 멈추면서 동이검을 어깨의 검초에 꽂았다.

일단 삼족오검풍을 전개하면 광황계주를 죽일 수밖에 없을 것 같아서다.

삼족오검풍이라는 것을 처음 전개하게 된 상황이라서 현재로썬 조절이 불가능하다.

구태여 삼족오검풍을 사용하지 않는다고 해도 광황계주의 실력이 어느 정도인지는 모르지만 전력을 다하면 제압할 수 있을 것 같았다.

그러나 광황계주는 대무영이 갑자기 검을 꽂는 의도를 파악하지 못했다.

"무슨 뜻이냐?"

"너를 제압하겠다는 뜻이다."

슈욱!

대무영은 대답하면서 번개같이 광황계주에게 짓쳐가며 십단금의 부쇄인을 전개하여 왼쪽 어깨를 노렸다.

그의 급습은 매우 빨랐으나 재빨리 어깨의 검을 뽑으면서 미끄러지듯 뒤로 물러서며 경계하는 광황계주의 반응도 그에

못지않았다.

십단금은 대무영의 손발이나 몸의 일부분이 상대의 몸에 닿아야지만 위력을 발휘한다.

그런데 지금처럼 광황계주가 재빨리 뒤로 물러나 거리가 벌어지면 십단금은 빛이 바랜다.

하지만 첫 번째 급습 부쇄인이 실패했다고 해서 포기할 대무영이 아니다.

지금의 그는 예전의 어수룩한 단목검객 대무영이 아니다. 그동안 수많은 싸움을 치르고 셀 수도 없을 정도로 많은 고수들을 죽인 산전수전 두루 겪은 강호를 공포에 떨게 만드는 살인마 중 한 명이다.

슈슉—

그는 광황계주를 그림자처럼 바싹 따라붙으면서 재차 부쇄인을 전개했다.

그러나 그것은 헛손질이다. 방금 부쇄인이 실패했는데 아무런 노림수도, 그리고 허점을 발견하지도 않은 채 재차 똑같은 수법을 전개할 그가 아니다.

광황계주는 검을 사용하지 않는 대무영의 일 초식을 가볍게 피하고서도 안심하지 않았다.

수하 육십여 명을 단 몇 호흡 만에 모조리 해치운 그이기에 바짝 경계하면서 탐색하고 있는 중이다.

그런데 쟁천십이류의 후선인 그로서는 조금 전에 신기막측한 검법을 보여주었던 대무영의 맨손 공격은 별것 아니라는 생각이 들었다.

그렇지만 거기에 무슨 함정이 있을지 몰라서 두 번째 부쇄인마저도 미끄러지듯이 옆으로 움직이며 어렵지 않게 피해 버렸다.

그리고는 더 이상 탐색하지 않고 대무영의 좌측으로 돌아가서 느닷없이 그의 왼쪽을 파고들며 목을 노리고 벼락같이 검을 그어왔다.

쉬이익!

'걸렸다.'

순간 대무영의 오른 주먹이 광황계주의 복부를 노리고 번쩍 뿜어졌다.

후우욱!

백보신권 건너치기를 발휘한 것이다.

광황계주는 대무영이 또다시 조금 전처럼 부쇄인을 전개하는 줄 알고 개의치 않고 계속 검을 그어왔다.

뻑!

"크억!"

그러나 광황계주의 예리한 검날이 대무영의 측면에서 목반 자 거리까지 이르렀을 때 무지막지한 충격이 왼쪽 옆구리를 파고들었다.

 그는 입과 코에서 핏물을 뿜으면서 무려 삼 장이나 날아가 땅바닥에 내동댕이쳐졌다.

第五十七章
한 번 죽다

대무영은 광황계주에게서 세 가지 사실을 알아냈다.

첫째는 광황계주가 최고 우두머리라고 알고 있는 인물의 신분이다.

그런데 뜻밖에도 광황계주는 대천계와 보천기집의 최고 우두머리를 혈천황(血天皇)이라는 듣지도 보지도 못한 인물로 알고 있었다.

그는 혈천황이라는 인물이 천하제일의 무공을 지녔으며, 언젠가는 천하를 지배할 것이라고 말했다. 하지만 혈천황에 대해서 구체적인 내용은 알지 못했다.

대무영이 광황계주에게서 알아낸 또 한 가지 사실은 장강 이남에 있는 남금창의 위치다.

그리고 마지막으로 북금창을 지키고 있는 다른 두 개의 계가 무엇을 하고 있는지 알아냈다.

그들은 옹보(瓮堡)라고 하는 전각에서 휴식을 취하고 있는 중이다.

그런데 그 전각 옹보가 바로 대무영이 북금창 내부를 둘러보면서 의심스럽게 봤던 곳이며 그곳에 북금창의 모든 돈이 있다는 것이다.

원래 북금창은 세 개의 계가 한나절씩 돌아가면서 호위를 하고 있다.

그런데 지금은 광황계의 차례이며, 다른 두 개의 계, 즉 철황계와 비황계는 옹보에서 쉬고 있다. 즉, 쉬면서 옹보를 호위하고 있는 것이다.

하지만 철황계와 비황계는 그 전각에서 밖으로 한 발도 나오지 못한다.

입구는 철문 하나뿐인데 광황계가 그곳을 밖에서 잠가 버렸기 때문이다.

그것은 철황계와 비황계로 하여금 휴식을 취하면서도 돈을 지키라는 의미인 것이다.

대무영은 광황계주를 어깨에 메고 북금창 밖으로 나가 오번계주 진복이 기다리고 있는 곳으로 갔다.

대무영의 건너치기를 왼쪽 복부와 옆구리 중간 부위에 정통으로 맞은 광황계주는 몇 개의 갈비뼈가 부러지고 장기와 내장이 자리를 이탈하는 중상을 입어서 제대로 서 있지도 못하는 상태였다.

진복은 앉아 있지도 못하고 그 자리에 선 채 초조하게 기다리고 있다가 어둠 속에서 불쑥 나타난 대무영을 발견하고는 안도하는 표정이 얼굴에 역력하게 떠올랐다가 곧 본래의 굳은 표정으로 돌아갔다.

"이자를 제압해서 배로 데려가라."

대무영이 광황계주를 바닥에 내려놓자 진복은 무심코 그의 얼굴을 보다가 혼비백산한 표정을 지었다.

"으헛!"

"누군지 아느냐?"

"광… 황계주가 아니오?"

"그렇다."

대무영은 가볍게 고개를 끄떡이고 씩 웃었다.

진복은 아연실색하는 표정으로 광황계주를 굽어볼 뿐 제압할 엄두를 내지 못했다.

그는 설마 대무영이 북금창을 지키는 세 명의 우두머리 중에 한 명인 광황계주를 제압해서 납치해 올 줄은 꿈에도 짐작하지 못했었다.

진복은 대무영이 누군지 모른다. 또한 그의 무공이 꽤 고강하다고 여기지만 광황계주보다 고강할 것이라고는 생각하지 않았었다.

"어… 떻게 한 것이오?"

"보면 모르느냐? 두들겨 패서 끌고 왔잖느냐."

우문현답(愚問賢答)이다.

그때 고통 때문에 오만상을 찌푸리고 있던 광황계주가 진복을 발견하고 더욱 얼굴을 일그러뜨렸다.

"너… 오번계주… 으으……"

그는 내상이 너무 고통스러워서 말을 잇지 못했다. 대무영은 그를 심문할 때도 별로 손을 쓰지 않았었다.

그가 당하고 있는 고통보다 더 심한 고통을 가할 자신이 없었기 때문이다.

그의 얼굴이 점차 검게 변하는 것으로 미루어 장기나 내장이 터진 것 같았다.

진복이 광황계주를 굽어보면서 무표정하게 중얼거렸다.

"혈도를 제압하지 않아도 곧 죽을 것 같소."

"그럼 어떻게 할까?"

"그가 필요하오?"

"그렇지는 않다."

"그럼 죽게 내버려 두시오."

대무영은 고개를 끄떡였다.

"알았다."

광황계주는 몸을 푸들푸들 떨고 안색이 더욱 거멓게 변하면서 안간힘을 써서 손을 들어 진복을 가리켰다.

"으으… 오번… 계주… 너……."

그러나 진복은 꿈쩍도 하지 않았다. 그렇게 두 사람이 물끄러미 지켜보는 가운데 광황계주는 입에서 꾸역꾸역 검붉은 피를 토하면서 사지를 세차게 떨더니 오래지 않아서 숨을 거두었다.

대무영은 광황계주가 죽었는지 그 앞에 웅크리고 앉아서 살펴보고 있는 진복에게 말했다.

"나하고 같이 가자."

광황계주의 죽음을 확인한 진복이 몸을 일으키며 의아한 표정을 지었다.

"어쩔 생각이오?"

그는 자신이 포로라는 사실을 잠시 망각했다.

"옹보를 공격할 것이다."

그리고 대무영은 태연하게 마치 동료를 대하듯이 대답해 주었다.

"옹보가 무엇이오?"

북금창에 드나들던 진복이 북금창의 모든 돈을 보관하는 옹보를 모른다는 것은, 그가 대무영에게 자신이 알고 있는 사실들을 모두 실토했다는 뜻이다. 대무영이 보건데 지금 그는 진실한 표정을 짓고 있다.

대무영은 진복을 데리고 다시 북금창에 잠입했다.
잠시 후에 두 사람은 어느 전각, 아니, 전각이라고도 할 수 없는 괴이한 건물 앞에 나란히 서 있었다.
진복은 몇 년 동안 북금창에 드나들었으나 이런 건물이 있는지도 몰랐었다고 한다.
옹보라고 불리는 이 건물은 지상에서 이 층 정도 높이로 그리 높지 않으며 둘레 육십여 장 정도로 그다지 크다고 할 수 없는 규모다.
이런 좁은 곳에 철황계와 비황계 이백 명이 있다는 사실이 믿어지지 않을 정도다.
또한 건물 전체가 흑회색으로 우중충한 분위기를 자아내고 있으며, 대무영과 진복이 서 있는 앞쪽의 굳건한 검은색의 철문을 제외하곤 바늘구멍 하나 없이 사방이 완벽하게 봉쇄되어 있다.
게다가 다른 전각들이 평지에 있다면 옹보는 그보다 일 층쯤 지대가 낮은 곳에 웅크리고 있으며 주위에는 몇 겹의 커다란 나무들이 빙 둘러 울타리처럼 쳐져 있다. 그래서 멀리에서는 옹보가 보이지 않는 것이다.

"내가 들어가고 나면 철문을 잠가라. 이후 배에 가서 모두 불러와서 대기해라."

대무영은 죽은 광황계주에게 뺏은 묵직한 열쇠를 진복에게 주었다.

진복은 무심결에 열쇠를 받고는 복잡한 표정으로 대무영을 쳐다보았다.

"이래도 되는 것이오?"

"뭐가 말이냐?"

삼십대 중반의 나이에 짧고 검으며 강인해 보이는 수염을 기른 부리부리한 눈을 지닌 진복은 열쇠를 굽어보고 나서 다시 대무영을 쳐다보았다.

"어째서 나를 믿는 것이오? 당신이 옹보에 들어가고 나서 열어주지 않을 수도 있는데……."

대무영은 진복을 믿지만 완전히 믿지는 않는다. 그가 믿는 사람은 가족뿐인데 진복은 가족이 아니다.

그가 진복에게 열쇠를 맡긴 것은 밖에서 철문을 잠가야지만 안에 있는 철황계와 비황계 이백 명이 도망칠 수 없기 때문이다.

한 번 죽다 47

또한 대무영 자신은 동이검으로 언제라도 철문을 자르고 나올 수 있으므로 필요하지 않기 때문이다.

그 사실을 알지 못하는 진복은 그가 자신을 전적으로 믿는 것이라고 오해했다.

대무영은 대수롭지 않은 얼굴로 오히려 반문했다.

"열어주지 않을 것이냐?"

"아… 아니… 그게 아니라……."

진중한 성격의 진복이지만 이때만큼은 적잖이 당황해서 말을 더듬었다. 하지만 그는 곧 본래의 굳은 표정을 더 단단하게 굳혔다.

"신호만 보내면 열어주겠소."

"그럼 됐다."

"그런데……."

진복은 어두운 표정으로 철문을 쳐다보았다.

"괜찮겠소?"

대무영은 그가 묻는 의도를 짐작하고 엷은 미소를 지었다.

"내가 광황계 백 명을 죽인 것을 잊었느냐?"

"음."

진복은 신음을 흘리며 입을 다물었다. 그는 대무영이 혼자서 광황계주와 수하 백 명을 죽였다는 사실을 아직도 믿지 못하고 있었다.

쿵!

철컹……

대무영이 옹보 철문 안으로 들어간 직후에 진복은 힘껏 철문을 닫고 커다란 자물쇠를 채웠다.

그러면서 마치 대무영을 산 채로 구덩이에 파묻는 것 같은 기분을 느꼈다.

그는 거대한 철문을 묵묵히 응시하며 지금까지보다 더 굳은 표정을 지었다.

지금 그는 심중으로 어떤 중대한 결정을 내리고 있었다. 지금까지는 쥐 신세인 그가 고양이인 대무영과 어쩔 수 없이 한 집에서 기거하는 묘서동처(猫鼠同處)의 형태였으나, 이제부터는 그 자신도 같은 고양이로서 같은 배를 타고 싶다는 의지를 품었다.

물론 대무영이 받아들여 준다면 말이다. 그런 생각을 하니까 과연 대무영이 옹보 안에서 살아 나올 수 있을지 걱정이 밀려들었다.

대무영의 등 뒤로 철문이 육중하게 닫혔다.

그가 서 있는 곳은 단층이며, 앞쪽은 폭 칠팔 장 정도 장방형의 광장이고 그곳에서 사방으로 여섯 갈래의 통로가 뻗어 있었다.

  그리고 그의 정면 광장 건너에는 또 하나의 커다란 철문이 굳게 닫혀 있었다.

  죽은 광황계주의 말에 의하면 그 철문 안에 돈이 들어 있다고 했다.

  그러나 대무영은 철문으로 곧장 갈 수는 없다. 그전에 할 일이 있다. 이 안에 있는 철황계와 비황계 이백 명을 해결해야만 한다.

  그리고 그가 구태여 그들을 부를 필요는 없다. 방금 철문이 열렸다가 닫히는 소리가 크게 났으니까 곧 그들이 몰려나올 것이다.

  과연 잠시 후에 광장에서 사방으로 뻗은 여섯 개의 통로 안쪽에서 한두 개의 흐릿한 기척이 나더니 오래지 않아서 수십 개로 불어났다.

  대무영은 철문을 등지고 천천히 세 걸음 앞으로 걸어가서 멈추었다.

  이 위치에서 싸울 생각이다. 아까 광황계와 싸웠을 때를 생각하면 이 정도가 적당한 위치이다.

  그와 동시에 여섯 개의 통로에서 마치 유령처럼 수십 개의 푸르고 검은 인영이 스멀스멀 흘러나왔다.

  대무영은 태산처럼 우뚝 선 채 그들이 다 나올 때까지 움직이지 않았다.

조바심내서 서두를 필요가 없다. 막강한 삼족오검풍이 있으니까 말이다.

푸르고 검은 인영은 청의 경장과 흑의 경장을 입은 고수들이며, 그들이 스멀거리면서 나오는 움직임으로 볼 때 족히 일각 이상은 걸릴 것 같았다.

그런데 그것은 오산이었다. 속으로 열을 세기도 전에 그들은 더 이상 나오지 않았다. 잠깐 사이에 광장에 꽉 들어찬 것이다.

그리 넓지 않은 광장에는 대충 세어봐도 족히 이백여 명은 됨직한 고수로 가득 찼다.

대무영은 그들이 바로 철황계와 비황계의 이백 명이라고 생각했다.

철문이 열리고 닫히는 소리에 몇 명이 확인을 하러 나와보는 것이 아니라 죄다 몰려나왔다.

철황계와 비황계가 옹보에서 휴식을 취하고 있는 중이라던데 이들의 모습을 보니 전혀 휴식을 취하던 모습이 아니라 마치 대무영을 기다리고 있었던 것 같았다. 모두 복장을 제대로 갖추고 도검을 휴대하고 있으며 얼굴에는 긴장과 살기가 가득했다.

물론 옹보 바깥에서 무슨 일이 있었는지, 또는 대무영이 이곳에 들어올 것이라는 사실을 이들은 전혀 모르고 있었을 것이다.

그런데도 반응이 이토록 신속하다는 것은 평소 그만큼 훈련이 잘돼 있었다는 뜻이다.

대무영의 뒤는 굳게 닫힌 철문이고, 일 장 반 앞쪽과 좌우는 이백 명의 철황, 비황계 고수가 그야말로 겹겹이 에워싼 광경이다.

철문은 밖에서 잠갔으므로 이곳에서 살아서 나가려면 무조건 싸워서 이겨야 한다.

이백 명은 철황계주와 비황계주의 명령이 떨어지면 벌 떼처럼 공격할 기세다. 벌 떼지만 찔리면 죽는 벌들이다.

너무도 협소한 공간에서 이백 명이나 되는 적을 면전에 두고서도 대무영은 느긋하게 주위를 둘러보았다.

문득 대무영은 전방의 적들 너머에 흑삼인과 청삼인이 팔짱과 뒷짐을 진 채 나란히 서 있는 것을 발견하고 그들이 철황계주와 비황계주라고 생각했다.

대무영은 두 명을 쳐다보며 턱을 약간 쳐들었다.

"거기 두 명. 나는 조금 전에 광황계주와 그의 수하 백 명을 모두 죽였다."

일부러 건방지게 말하려는 것은 아닌데 그는 원래 말하는 것이나 행동, 표정이 건방져 보인다.

철황계주와 비황계주 얼굴에 잔물결 같은 미약한 동요가 일렁였으나 곧 사라졌으며, 침묵으로 대무영의 다음 말을 기다렸다.

"나로서는 여기에 있는 이백 명을 모두 죽이든 죽이지 않든 상관이 없다. 내 목적은 옹보에 있는 돈을 가져가는 것뿐이다. 그러므로 방해하지 말았으면 좋겠다."

장내가 쥐 죽은 듯이 고요했다. 대무영이 옹보의 철문을 열고 들어왔다는 것은 광황계가 전멸했다는 뜻이며, 그것을 구태여 대무영이 친절하게 확인시켜주었다. 그러므로 이곳의 이백 명은 대무영의 말을 쓸데없는 헛소리라고만 생각하지 않았다.

하지만 그들의 생각 같은 것이 어떻든 상관이 없다. 옹보에 침입한 자라면 무조건 죽여야 하는 것이 그들의 사명이기 때문이다.

죽이지 못하면 자신들이 죽는다. 그러므로 더욱 결사적이 될 수밖에 없다.

이런 상황에서의 철황계주와 비황계주의 결정은 먼저 죽은 광황계주와 별반 다를 게 없다.

"쳐라."

다른 게 있다면, 뒷전에서 수수방관하고 있었던 광황계주하고는 달리 이들 두 명의 계주는 명령과 함께 번쩍 허공으로 신형을 날리면서 어깨의 무기를 뽑아 대무영에게 덮쳐가는 것이었다.

"말귀를 못 알아듣는군."

대무영은 슬쩍 눈살을 찌푸렸으나 마음속으로는 어느 정도 긴장했다.

아니, 방심하지 않는다는 표현이 옳다. 상대가 이백 명이나 되기 때문이다.

"뭣들 하느냐? 한꺼번에 공격해라!"

"숨 쉴 틈을 주지 마라!"

철황계주와 비황계주는 허공을 격하고 쏘아 와서 대무영에게 내려꽂히면서 쩌렁하게 외쳤다.

대무영은 동이검을 뽑으면서 움찔했다. 적들이 공격해 오는 양상이 광황계 백 명과 판이하게 달랐기 때문이다.

아직 동이검을 채 뽑기도 전에 적들은 이미 일 장 거리에서 쇄도하며 맹렬하게 도검을 휘둘러 오고 있었다. 처음부터 거리가 너무 가까웠었다.

뿐만 아니라 광황계 백 명하고는 달리 이들의 절반은 허공으로도 신형을 날려 공격해 오고 있다.

대무영은 자신이 미리 경고를 한 것이 화근이었다고 반사적으로 생각했다.

광황계 백 명은 아무런 방비도 하지 않은 상태에서 급습을 당했었지만, 이들은 그가 친절하게 경고까지 해주어서 만반의 준비를 갖추었다.

그래서 그는 또 한 가지를 깨달았다. 쓸데없는 친절은 베푸는 것이 아니라고 말이다.

그나저나 그는 싸움을 시작하는 것과 동시에 궁지에 몰려 버리고 말았다.

동이검이 채 뽑히지도 않은 상태에서 집중 공격을 받고 있기 때문이다.

지금 위험을 감수하고서라도 동이검을 뽑지 않으면 이후로는 그럴 기회가 주어지지 않을 것이고, 그러면 변변히 싸워보지도 못하고 최악의 상황에 직면하게 될 것이라는 생각이 뇌리를 쳤다.

슈우욱!

순간 그는 오른손으로는 계속 동이검을 뽑으면서 왼손을 맹렬히 휘두르며 십단금의 부쇄인을 쏟아냈다.

다급하다고 해서 아무렇게나 부쇄인을 펼친 것이 아니다. 그의 눈은 매의 눈보다 훨씬 더 맵고 빠르며 날카롭다. 부쇄인은 적들의 허점을 정확하게 파고들었다.

퍼퍼퍽!

정면과 왼쪽에서 도검을 긋고 찌르면서 짓쳐들던 세 명이 각각 대무영의 주먹과 바깥쪽 손목, 팔꿈치에 맞아서 맞은 부위가 여지없이 박살 나며 퉁겨 날아갔다.

그러나 왼손으로는 오른쪽을 공격할 수가 없다. 그래서 그는 몸을 비틀면서 역시 왼손으로 부쇄인을 전개하여 오른쪽을 공격하며 동이검을 마저 뽑았다.

퍼퍽!

또다시 왼 주먹이 적 두 명을 박살 내는 순간 한 자루 도가 대무영의 왼쪽 옆구리로 파고들었다.

촤악!

허리를 비틀면서 왼 주먹으로 오른쪽을 공격하다 보니까 왼쪽에 허점이 생긴 것이다.

옆구리가 반 뼘쯤 쩍 베어지며 피가 확 뿜어져 옷이 순식간에 붉게 물들었다.

쏴아악!

그와 동시에 기다렸다는 듯이 십여 자루 도검이 그의 온몸으로 소나기처럼 쏟아졌다.

그러나 동이검이 이미 뽑혀서 십여 자루 도검을 후려치고 있었다.

콰차창!

동이검은 십여 자루 도검을 한꺼번에 수수깡처럼 부러뜨려 날려 버리면서 도검을 쥐고 있던 적 세 명의 머리통까지 잘라 버렸다.

그리고 두 번째 휘두름, 즉 유운검법 구궁섬광에 비로소 삼족오검풍이 뿜어졌다.

휘오오—

두 마리 붉은 삼족오가 번뜩이면서 적 두 명의 상체를 켜켜이 썰어버렸다.

대무영은 그렇게 한동안 정신없이 닥치는 대로 동이검을 휘두르며 삼족오검풍을 전개했다.

그가 동이검을 휘두를 때마다 두 마리 삼족오가 종횡무진 적들을 썰어서 흩어지게 만들었다.

그런데 어느 순간 동이검에서 발출된 붉은 삼족오가 두 마리로 갈라지지 않고 한 마리만으로 적의 몸을 훑었다.

착각인가 싶었으나 그렇지 않다. 적이 한 명만 쓰러진 것이 그 증거다.

춧—

무언가에 베었는지 등 쪽 왼쪽 어깨가 화끈했다. 그는 빙글빙글 회전하면서 삼족오검풍을 발출하고 있는데, 적들이 워낙 가깝게 쇄도해 오고 있어서 전방과 좌우를 공격할 때에는 극히 짧은 순간이지만 뒤쪽에 허점이 드러날 수밖에 없다. 그 순간에 당한 것이다.

처음부터 거리를 두었어야만 했다. 너무 가까웠던 것이 치명적이 돼버렸다.

"이야아—!"

그는 갑자기 불끈 힘을 내서 맹렬하게 동이검을 휘둘러 삼족오검풍을 뿜어내면서 앞으로 내달렸다.

앞쪽의 적들을 파죽지세로 치고 나갔다가 몇 바퀴 회전하면서 공격을 퍼부어 반경을 넓히려는 것이다.

"바싹 따라붙어라!"

"위에서 공격해라!"

철황계주와 비황계주가 절규하듯이 악을 썼다.

후오오—

대무영은 앞으로 삼 장쯤 파도처럼 치고 나가면서 네 명을 거꾸러뜨리는 것과 동시에 몸을 회전하며 뒤쪽을 향해 맹렬히 동이검을 그었다.

그림자처럼 바싹 뒤따르던 세 명의 적 몸통이 종잇장처럼 썰어져서 흩날렸다.

푹!

순간 대무영의 왼쪽 어깨 위쪽이 화끈했다. 적들이 허공에서 소나기처럼 공격을 퍼붓고 있는데 그중 한 명이 수직으로 내려꽂히며 그의 어깨에 검을 찔러 넣은 것이다.

뻐걱!

대무영은 왼 주먹으로 부쇄인을 뿜어내 그자의 머리통을 으깨어 버리면서 동시에 오른손으로는 미친 듯이 삼족오검풍을 쏟아냈다.

그야말로 아비규환이다. 대무영은 벌써 세 군데 가볍지 않은 상처를 입고 지혈할 겨를도 없이 피를 쏟으며 생사혈전을 벌이고 있다.

"으으으……."

상처를 입은 그는 두려움을 느끼기보다는 분노와 투지가 솟구쳐서 상처 입은 맹수처럼 날뛰었다.

그 바람에 외공기가 한계치보다 절반 이상 많이 주입되면서 삼족오검풍을 뿜어냈다.

화우웅—

그런데 붉은 삼족오의 모습이 또다시 달라졌다. 지금까지 발출됐던 것보다 서너 배 이상 커졌으며 원래는 흐릿한 붉은 빛이었는데 지금은 짙은 핏빛이다.

더구나 커다란 삼족오가 날개를 활짝 펼치고 한 번 휩쓸고 지나가자 나란히 공격해 오던 적 세 명이 한꺼번에 몸통이 뎅 겅 잘라졌다. 뿐만 아니라 그 뒤에 있는 적 두 명까지 휩쓸어 버렸다.

여태까지는 대무영의 동작 한 번에 삼족오 두 마리가 적 두 명을 죽였는데, 지금은 커지고 더 짙어진 색의 삼족오가 한꺼번에 무려 다섯 명이나 죽여 버렸다.

그가 반신반의하면서 재차 구궁섬광을 전개하자 다시 본

래의 삼족오 모습으로 되돌아갔다.

극도로 분노한 상태에서 갑자기 자신의 한계치보다 더 많은 외공기가 분출하여 어쩌다가 이상한 형상의 삼족오가 나온 듯했다.

하지만 거의 제정신이 아닌 상태에서도 대무영은 그 사실을 간과하지 않았다.

'삼족오를 변형시킬 수 있다!'

그 사실에 주목했다. 그리고 그것이 외공기를 조절하는 것으로 가능할지도 모른다는 것에 생각이 미쳤다.

삼족오를 의도적으로 다른 형상으로 변형시킬 수 있으면 더 많은 적을 죽일 수도 있으며, 또 다른 형태의 공격도 가능할 것이라고 생각했다.

하지만 그는 외공기를 어떻게 조절해야 삼족오가 변형하는지 모른다.

이것은 단순히 외공기를 많이, 혹은 적게 주입하는 성격이 아닌 것 같았다.

그는 갈등했다. 지금은 터럭만 한 실수라도 하는 순간이면 중상을 입거나 목숨을 잃을 수도 있다. 즉, 시험을 해보는 시기로썬 적당하지 않다.

그렇지만 이대로 가다가는 적을 절반도 죽이지 못하고 자신이 당할 것만 같았다.

'어차피 이 모든 것이 모험으로 시작되었다!'

그는 어금니를 힘껏 악물고 한 번 모험을 시도해 보기로 마음먹었다.

이판사판 심정 같은 것이 아니다. 가능성에 운명을 걸어보려는 것이다. 모험을 하지 않으면 발전도 없다는 것이 평소 그의 지론이다.

'뜻이 가면 삼족오도 간다!'

지금까지처럼 동이검을 크게 노를 젓듯이 휘두르며 싸우던 그의 동작이 한순간 변했다.

매화검법 삼초식 적멸산화를 전개하면서 동이검에 외공기를 실었고 동시에 마음을 담았다.

즉, 마음으로 외공기를 이끌어서 동이검의 삼족오와 하나가 되기를 원했다.

유운검법 구궁섬광을 전개해야지만 삼족오검풍이 발출된다는 지금까지의 통념을 깨버리는 것이다.

그러면서 마음과 동이검과 몸이 하나, 즉 삼위일체(三位一體)가 되도록 전념했다.

슈슈슈… 스사사삭…….

예전에 그가 전개하던 바로 그 매화검법 삼초식 적멸산화가 펼쳐졌다.

그러나 동작은 같지만 결과가 다르다. 예전에 적멸산화를 펼치면 번뜩이는 여러 송이 꽃송이 검화(劍花)가 뿌려졌었는데 지금은 검화 대신 삼족오가 뿜어지고 있다. 드디어 모험이 성공한 것이다.

적멸산화 제일변 하나의 변화에는 찌르기 다섯 번과 베기 두 번이 담겨 있다.

보라. 동이검이 적을 가리키며 찌르기를 할 때마다 날개를 접은 붉은 삼족오가 번갯불처럼 뿜어지고, 베기를 할 때는 날개를 펼친 삼족오가 활강을 하듯이 쏘아나갔다.

경이롭게도 단 한 번의 동작에 무려 일곱 마리의 삼족오가 연이어서 발출되었다.

날개를 접은 삼족오는 적의 몸을 관통하고, 날개를 펼치고 날아가는 삼족오는 적의 몸을 켜켜이 썰었다.

그렇지만 삼족오가 적들의 머리나 몸통을 관통하고 썰어도 여전히 아무런 소리도 나지 않았다.

'흐흐흐… 됐다!'

자신의 상처와 적들이 뿌린 피를 뒤집어써서 피투성이 모습이 된 대무영은 자신의 공격으로 속절없이 거꾸러지는 적들을 보면서 다시 적멸산화의 제이변을 펼치며 속으로 쾌재를 불렀다.

'이젠 놈들을 모조리 쓸어버릴 수 있다.'

그는 자신이 살게 된 것보다 적들을 죽일 수 있게 됐다는 사실에 흥분을 감추지 못했다.

또한 목숨을 건 모험이 성공했으므로 이제부터는 어떤 초식을 전개해도 동이검의 삼족오를 발출할 수 있다는 자신감이 샘솟았다.

나는 혼자고 적들은 많다는 사실은 불리한 일이지만, 반면에 어떤 초식을 전개하더라도 빗나갈 확률이 적다는 이점이 있기도 하다. 모든 일에는 그처럼 반대급부가 있는 것이다.

후오오— 후우우오—

동이검은 매화검법 이초식 채운탈혼과 일초식 비폭노조를 전개하고는 다시 유운검법으로 이어졌다.

깊은 계곡을 통과하는 한풍 같은 검명(劍鳴)이 듣는 이의 가슴을 저리게 만들었다.

"큭!"

"컥!"

갑자기 몇 배나 강해진 대무영의 공격에 적들은 제대로 공격다운 공격을 펼치지도 못하고 쓰러지기 바빴고, 답답한 신음 소리가 실내에 가득 퍼졌다.

날개를 접은 붉은 삼족오는 주먹 정도 크기인데, 그것이 가슴을 관통하면 커다란 구멍이 뻥 뚫리고 그곳으로 피가 콸콸 쏟아졌다.

날개를 펼친 삼족오에 당해도 십중팔구 즉사하듯이, 날개를 접은 삼족오에 관통당한 자들도 그러했다.

"크흐흐… 죽어라 이놈들."

피투성이 대무영은 흰 이를 드러내고 두 눈에서는 시퍼런 살기를 뿜어내며 저승사자처럼 이리 뛰고 저리 뛰며 동이검을 휘둘렀다.

지금 그의 눈에는 적 한 명 한 명 모두가 하나 같이 마학사로 보였다.

진복은 배에 가서 무영단원들을 불러오라는 대무영의 말을 듣지 않았다.

그 대신 줄곧 초조한 표정으로 철문을 주시하고 있었다. 자신이 대무영에게 도움을 주지 못하는 형편인데도 그가 걱정되기 때문에 이 자리를 떠날 수가 없었다.

진복은 대무영이 들어가는 순간부터 공력을 끌어올려 청력을 극대화시켜서 철문 안쪽에서 벌어지는 상황을 하나라도 빼놓지 않고 들으려고 애썼다.

처음에는 대무영이 무슨 말을 하더니 곧 싸움이 벌어지는 것 같았다.

그러나 그 싸움은 진복이 익히 알고 있는 그런 류의 싸움이 아니었다.

이런 싸움은 처음 봤다. 아니, 들었다. 철문이 닫혀서 볼 수 없으니 귀로 듣는 것이 전부다.

그런데 너무도 조용했다. 이따금 우두머리라고 여겨지는 자들의 쩌렁한 호통과 목을 조이는 듯한 답답하고 미약한 신음 소리가 이어질 뿐이다.

흔히 들리는 무기끼리 부딪치는 소리라든지 처절한 단말마의 비명 소리, 악쓰는 기합 소리 따위는 일체 들리지 않았다. 침묵의 싸움이었다.

그러다가 반 시진쯤 지난 지금은 철문 안쪽이 갑자기 조용해졌다.

진복이 철문 사이에 귀를 대고 청력을 돋우었으나 아무 소리도 들리지 않았다.

만약 대무영이 적들을 다 죽이고 혼자 살아남았다면 그가 움직이거나 다른 곳의 문을 여는 소리라도 들릴 터이다.

반대로 그가 죽음을 당하고 철황계와 비황계 고수들이 이겼다면 그들의 움직임이나 말소리는 더 크게 들릴 것이다.

그런데 아무 소리도 기척도 감지되지 않는다는 사실이 진복을 극도로 초조하게 만들었다.

그의 머릿속에 제일감으로 떠오르는 것은 양패구상. 즉, 피아가 모두 죽었다는 것이다. 그렇기 때문에 아무 소리도 들리지 않는 것이다.

그런 생각을 하자 지금 상황에서는 그것이 가장 가능성이 높은 것으로 믿어졌다.

  진복은 반각 정도 더 그러고 있다가 끝내 조바심을 이기지 못하고 철문을 열었다.

  철컹…….

  "웃!"

  육중한 철문이 약간 열리자 지독한 피비린내가 거세게 쏟아져 나왔다.

  진복은 침을 꿀꺽 삼키고 철문을 더 열고 조심스럽게 안으로 진입하다가 한순간 온몸이 굳어버리고 말았다.

  "허억!"

  그 스스로 간담이 크다고 여기고 있었으나 눈앞에 벌어진 광경을 발견한 순간 간과 심장이 콩알처럼 오그라들며 자지러지는 비명을 내지르고 말았다.

  그의 눈앞 그리 넓지 않은 광장에는 말 그대로 시산혈해(屍山血海)가 펼쳐져 있었다.

  보이는 것은 모두 시체. 시체뿐이었다. 그리고 철문을 열자마자 철문 밖으로 콸콸 흘러나오는 것은 시냇물 같은 핏물의 강이다.

  진복은 발목까지 핏물에 젖는 줄도 모르고 망연자실한 표정으로 서 있는데 자신도 모르게 몸이 부들부들 떨렸다. 이것은 말로만 들었던 지옥도 그 자체였다.

더구나 그의 바로 코앞에서부터 수북하게 쌓여 있는 시체들이 온전하게 신체를 보존하고 있는 것이 하나도 없다.

가슴이나 복부에 커다란 구멍이 뚫린 것은 그나마 나은 편이고, 대부분 머리나 상체, 몸의 절반이 예리한 칼로 뚝뚝 떨어져 나간 처참한 목불인견의 참상이다.

"우욱……"

진복은 그 자리에 허리를 꺾고 구토를 했다. 눈물 콧물까지 흘리면서 쓰디쓴 똥물까지 다 게워내고서야 극심한 현기증을 느끼며 허리를 폈다.

그때 문득 대무영이 생각났다. 서 있는 사람이 한 명도 없다면 대무영도 죽은 것이라는 생각이 뇌리를 두드리자 심장이 멎어버릴 것만 같았다.

거기에 생각이 미치자 방금 전까지 두려움에 떨던 그는 구르듯이 안으로 달려 들어갔다. 그리고 시체들을 미친 듯이 뒤지면서 대무영을 찾기 시작했다.

그는 머리끝에서 발끝까지 피범벅이 되었고 두 손으로는 시체의 내장과 장기를 주무르고 있으나 개의치 않고 계속 대무영을 찾았다.

"아……"

그러다가 어느 순간 그는 움직임을 뚝 멈추었다. 시체 더미 속에서 온몸이 핏물에 담겼다가 꺼낸 것처럼 시뻘건 시체 한

한 번 죽다 67

구를 발견한 것이다.

피범벅이라서 얼굴을 알아볼 수 없으나 진복은 그가 대무영이라는 것을 한눈에 간파했다.

커다랗고 단단한 체구와 그에게서만 발산되는 그만의 독특한 감(感)을 느꼈다.

진복은 대무영이라고 확신하는 사람을 급히 안아서 광장 안쪽 철문 앞 평평한 곳에 조심스럽게 눕혀놓고 가슴에 귀를 붙였다.

"아……."

진복의 표정이 환해졌다. 죽지 않았다. 심장이 미약하게 뛰고 있다.

그는 두 손으로 대무영이라고 확신하는 사람의 얼굴을 쓰다듬었다. 피가 어느 정도 닦이면서 드러난 얼굴은 대무영이 분명했다.

그는 대무영의 온몸을 빠르게 살펴서 총 일곱 군데 상처를 찾아냈다.

다섯 군데는 심하고 두 군데는 가벼운 부상이지만, 그곳에서 다량의 피를 흘려서 혼절한 것이다.

진복은 능숙하고 빠른 솜씨로 상처를 지혈하고 나서 대무영의 가슴에 오른손 손바닥을 밀착시키고 한동안 진기를 주입시켰다.

"후우우……."

진복은 공력이 심후하지 않기 때문에 반각쯤 진기를 주입하고 나서 극도로 지쳐 버렸다.

"음……."

대무영은 묵직한 신음을 흘리며 힘겹게 눈을 뜨더니 물끄러미 진복을 쳐다보았다.

잠시 그렇게 서로를 쳐다볼 뿐 두 사람은 아무 말도 하지 않았으며 표정의 변화도 없었다.

네가 날 살렸다느니, 소생해서 다행이라고 한마디쯤은 해도 좋을 것 같은데, 둘 다 멋이라곤 없는 성격이다.

대무영은 부스스 상체를 일으켜 앉아서 악취가 풍기는 살육의 현장을 물끄러미 쳐다보았다.

그는 이번 싸움에서 많은 것을 깨닫고 또 배웠다. 싸우기 전에 쓸데없는 말을 하는 것은 좋지 않다는 것, 어떤 수법을 전개할 것인지를 미리 생각해 두고 그것에 따라서 공간 확보라든지 싸울 여건을 살피는 것 등이다.

또한 다수를 상대로 그것도 고수들을 상대해서 싸우는 것은 좋지 않다는 점이다.

그리고 무엇보다도 중요한 것은, 싸우는 동안에 삼족오검풍을 능수능란하게 사용할 수 있게 되었다는 사실이 가장 큰 소득이었다.

"배에 가지 않았느냐?"

대무영은 천천히 주위를 둘러보면서 조용히 물었다.

"갈 수 없었소."

진복은 짧게 대답했으나 대무영은 그 말에 함축된 의미를 짐작할 수 있었다.

만약 진복이 무영단원들을 데리러 황하에 정박한 배로 달려갔다면 아직도 돌아오지 못했을 것이다.

그렇다면 대무영은 시체 더미 속에서 숨이 끊어졌을지도 모르는 일이다.

즉, 진복이 배에 가지 않았기 때문에 대무영이 살았다고 할 수 있다.

대무영은 거기에 대해서 가타부타 더 이상 말하지 않고 몸을 일으켰다.

"자. 그럼 우리 둘이 해볼까."

第五十八章
침묵의 충심(忠心)

원래의 계획은 대무영이 북금창에 잠입을 하여 동태를 살핀 후에 황하에 정박 중인 배로 돌아가서 무영단원들과 급습에 대해서 상의를 하려는 것이었다.
　그 후에 모두 함께 북금창으로 와서 대무영이 다시 잠입을 하고 밖에 대기하고 있는 무영단원들에게 신호를 보내면 그들이 북금창에 불을 질러 혼란스럽게 만들어서 그 기회를 이용하여 돈을 탈취한다는 대충적인 계획이었다.
　그러나 결과는 처음의 계획하고는 완전히 틀어져 버렸다. 어찌 됐든 급습은 성공했다.

진복이 배에서 기다리고 있는 무영단원들을 부르러 가지 않았기 때문에 대무영은 진복과 둘이서 옹보 안 광장 한쪽의 철문을 부수고 들어가 보았다.

이왕 둘이 남게 된 것, 대무영은 철문 안의 돈을 북금창 수로에 정박해 있는 배에 옮겨 싣고 날이 밝는 대로 배를 몰고 황하로 가려고 했었다.

그러나 그럴 수가 없게 되었다. 계획이 또다시 틀어졌다. 철문 안에는 상상을 초월하는 돈이, 아니, 금과 보화가 가득 들어차 있었기 때문이다.

이곳에 있는 돈은 전부 금화(金貨)다. 커다랗고 검은 철궤 하나에 금화 백만 개가 들었으며, 그런 철궤가 천여 개에 달했다.

금화 한 냥이 은자 오십 냥이니까 도대체 얼마라고 액수로 환산할 수 없을 정도로 어마어마한 액수다.

그뿐만이 아니다. 다른 삼백여 개의 상자에는 온갖 진귀한 보석이 꽉꽉 들어차 있었다.

그런 보석 한 개에 최소 금화 백 냥에서 비싼 것은 만 냥 이상 가는 것도 있으니까, 삼백여 개의 보석상자는 이곳에 있는 천여 개의 금화상자보다 몇 십 배나 더 값어치가 나가는 것이다.

대무영은 비로소 깨달았다. 북금창은 단순히 보천기집에

서 수금한 돈을 모아두는 곳이 아니라 마학사의 재산을 보관하는 장소였던 것이다.

대무영과 진복은 금화상자와 보석상자 몇 개를 확인하고서는 너무 놀라서 한동안 그 자리에 우두커니 서서 움직일 줄을 몰랐다.

"진복, 이게 얼마쯤 되겠느냐?"

한참 만에 대무영이 실내에 가득 쌓여 있는 상자들을 보면서 입을 열었다.

"모르겠소. 내 머리로는 금화 한 상자의 백만 냥이 은자로 오천만 냥이라는 것까지만 계산이 가능하오."

진복이 머리를 흔들면서 그렇게 대답했으나 실상 계산은 그리 어렵지 않다.

금화 한 상자가 은자 오천만 냥이고 천 개의 금화상자가 있으니까 도합 오백억 냥이다.

실로 턱이 빠질 정도로 어마어마한 액수다. 마치 이곳에 천하의 금을 다 모아놓은 듯했다.

더구나 보석상자 하나는 금화상자보다 몇 십 배의 가치가 있는데 그런 상자가 삼백여 개나 있으니 그것이야말로 액수로 환산하기 불가능했다.

"진복."

"말하시오."

"떠나고 싶으면 여기에서 네가 갖고 갈 수 있을 만큼 갖고 떠나라."

"……."

대무영이 뜬금없이 말하자 진복은 움찔하며 그를 쳐다보다가 다시 상자로 시선을 주며 말했다.

"여기에 있는 것들을 전부 줄 수 있겠소?"

"가져가라."

진복은 말도 되지 않는 요구를 했고, 대무영은 그의 말이 끝나자마자 즉답했다.

진복은 대무영의 대답이 허언이 아니라고 믿었다. 그가 알고 있는 대무영은 거짓말을 하지 않는다. 진복이 다 가져가도 지켜보고만 있을 사람이다.

진복은 진중한 표정을 지었다.

"그럼 이것을 모두 당신에게 줄 테니까 나를 수하로 받아주시오."

대무영은 예상하지 못했던 말에 뜻밖이라는 듯 그를 쳐다보다가 엷은 미소를 지었다.

"너는 욕심이 많구나."

진복도 빙그레 미소 지었다.

"나도 방금 알았소."

둘이서는 도저히 금화상자와 보석상자들을 배로 옮길 자신이 없었다.

그래서 진복이 황하로 무영단원들을 부르러 갔으며, 그 사이에 대무영은 보물창고 바닥에 책상다리로 앉아서 휴식을 취했다.

그러면서 몸에 난 일곱 군데 상처를 살펴보니까 벌써 구득구득 상처가 아물기 시작했다.

그것을 보고 그는 필시 천년하수오를 복용한 덕분이라고 생각했다.

필경 폐인이 되고도 남을 엄중한 중상을 입었던 그를 지금의 팔팔한 모습으로 소생시켜 준 것이 바로 천년하수오의 영험한 효능이다.

아니, 천신만고 끝에 캐온 천년하수오를 그에게 복용시킨 동백촌 홍 노인의 은혜다.

그래서 대무영은 새삼 홍 노인과 홍수아의 정성과 고마움이 뼛속 깊이 사무쳤다.

동백촌을 몰래 떠나던 날 새벽에 홍 노인이 따라와서 눈물을 흘리며 건네주었던 환약은 이제 다 복용했다. 환약의 효능이 천년하수오의 효능을 일깨웠으며 그로 인해서 대무영의 몸은 많이 회복되었다.

그리고 그의 품속에는 홍 노인이 손에 쥐어준 은자 열 냥이

담긴 꾀죄죄한 주머니가 늘 들어 있다. 그 은자 열 냥은 이곳에 있는 어마어마한 금화와 보석을 다 합친 것보다 더 큰 가치를 지니고 있다. 그 은자 열 냥은 천하에서 가장 큰 액수다. 대무영은 죽을 때까지 그보다 더 큰 돈을 벌 수는 없을 터이다.

*   *   *

 동이 트자마자 한 척의 거대한 배가 북금창을 출발하여 동평호의 푸른 물살을 가르며 북상하기 시작했다.
 그 배에는 대무영과 무영단원들 그리고 진복이 타고 있으며, 갑판 아래 선창에는 북금창 옹보에 있던 금화상자와 보석상자가 하나도 남겨두지 않고 모두 실려 있다.
 그 배는 대무영 일행이 이곳까지 타고 온 배보다 세 배 정도 더 컸으며, 갑판에 삼 층의 선실이 두 개 있고 커다란 돛이 세 개나 있다.
 배가 너무 크기 때문에 운항을 하기 위해서 대무영을 비롯한 전원이 매달려야만 했다.
 배가 드넓은 황하 한가운데를 안정적으로 운항하기 시작하자 고물에서 방향타를 잡고 있는 용구를 제외한 전원이 앞쪽 선실 삼 층에 모였다.

모두들 전방에 활짝 열려 있는 창을 내다보고 있지만 아무도 입을 열지 않았다.

그들은 이 배 선창에 계산할 수도 없을 만큼의 무진장한 금화와 보석이 실려 있다는 사실에 아직까지 아무도 표면적으로 기쁨을 내색하지 않았다.

기쁨이고 뭐고 너무 엄청난 일이라서 그 사실이 아직까지 피부로 느껴지지도 않았다.

다만 대무영만이 진중한 표정으로 전방을 주시하면서 어떤 깊은 생각에 잠겨 있었다.

그는 다음의 행보, 즉 남금창을 터는 일에 대해서, 그리고 그 이후에 마학사를 찾아내고 또 공격할 계획을 구상하고 있는 중이다.

한동안의 침묵을 깨고 역시 성질 급한 북설이 세차게 고개를 저으며 탄식을 터뜨렸다.

"아아… 대가리 터지겠다."

모두들 자신들 발아래에 실려 있는 엄청난 금화와 보물 때문에 별별 상상을 다 하고 있는 터라서 북설의 행동에 전적으로 동감했다.

"조장, 어떻게 할 거야?"

북설이 카랑카랑한 목소리로 대무영의 상념을 깨뜨렸다. 그녀가 '어떻게'라고 물은 것은 선창에 가득 실린 금화와 보석을 어떻게 할 것이냐는 뜻이다.

대무영은 실내를 둘러보다가 한쪽 구석에 우두커니 서 있는 진복을 발견하고 그에게 가까이 오라고 손짓을 했다.

"나는 진복을 우리 동료로 받아들이려고 한다. 너희들 생각은 어떠냐?"

그런데 대무영은 동문서답을 했다. 북금창에 갈 때까지만 해도 포로였던 진복을 동료로 받아들이겠다는 말에 무영단원들은 뜻밖이라는 표정으로 진복을 쳐다보았으나 모두 고개를 끄떡였다.

"찬성이에요."

"조장 뜻이라면 무조건 찬성이야."

대무영이 그러는 데에는 필시 이유가 있을 것이라고 믿기 때문이다.

"그리고……."

이어서 대무영은 자신이 광황계주에게서 알아낸 사실, 즉 남금창에 대해서, 그리고 남금창을 급습하여 털 계획을 설명해 주었다.

"조장 미쳤구나……."

"이 정도 보물을 손에 넣었으면 또다시 위험에 뛰어들지 않아도 되는 것 아닙니까?"

다들 어이없다는 표정을 지었다.

대무영은 정색했다.

"내 목적은 돈이 아니라 마학사에게 타격을 입히는 것이다. 그러자면 남금창까지 바닥을 드러내야 한다. 두 개의 금창에 있는 것이 마학사의 전재산일 것이니까 말이다. 나는 그놈을 알거지로 만들고 싶다."

모두들 대무영의 말에는 공감하지만 방금 북금창을 털었고 또 어마어마한 금화와 보석을 싣고 가는 도중이라 무얼 그렇게 서두르느냐는 듯한 표정이다.

"조만간 북금창의 일이 마학사에게 알려질 것이고, 그러면 놈은 남금창을 더욱 철저히 단속할 것이다. 그전에 남금창을 급습해야 성공할 가능성이 높다."

다음 날 대무영의 배는 황하 변의 동명현(東明縣) 포구에 정박했다. 그곳에서 배의 겉모습을 완전히 바꾸기 위해서다.

마학사의 추격이 시작되면 북금창에서 끌고 온 배는 금세 눈에 띄기 때문이다. 추격대가 자기들 배를 못 알아볼 리가 없다.

조선창(造船廠)에 돈을 두둑이 준 덕분에 배는 반나절 만에 전혀 새로운 모습으로 탈바꿈했다.

또한 상선으로 위장하느라 동명현에서 여러 물건을 구입하여 배의 앞과 뒤쪽 갑판에 실었다.

또한 돛 꼭대기에 커다란 깃발이 펄럭이는데, 거기에는 붉은 삼족오가 날개를 접고 있는 모습이 수놓아져 있었다.

대무영의 생각이었고 그때부터 이 배는 삼족오선이라고 불렸다.

마학사의 수하들이 삼족오 깃발을 본다고 해도 무슨 뜻인지 알지 못할 것이다.

반나절을 허비했으나 마학사의 추격으로부터 안전하게 되었으니 그 이상의 결과를 얻은 셈이다.

　　　　*　　*　　*

남금창은 호남성 악양(岳陽)에 있다.

대무영은 낙양 하남포구 무영선에 아란과 청향, 그리고 용구를 남겨두고, 북설과 유조, 이반, 주고후, 그리고 진복과 함께 준마를 타고 전속력으로 남쪽을 향해 내달렸다.

북금창에서 탈취한 엄청난 금화와 보석들과, 그리고 청풍루를 비롯한 열 개의 기루에서 수금한 돈 은자 삼천이백만 냥은 근처의 야산으로 갖고 가서 은밀한 곳에 깊이 땅을 파고 묻어두었다.

대무영 일행은 낙양을 출발하여 불과 하루 반나절 만에 노산현에 도착했다.

노산현에는 대무영이 동정을 주고 서로 고독으로 연결된 어린 소녀 소연의 여동생 소선과 모친이 살고 있다.

예전 대무영이 광명루에 들렀다가 나온 후에 소연으로부터 머릿속을 울리는 말이 들려오고는 이후부터는 소연은 한번도 그와 연락을 취하지 않았었다.

하지만 대무영은 한시도 소연을 잊은 적이 없었다. 비단 소연뿐만이 아니다.

해란화와 월영 등 기녀 삼십여 명과 주지화에 대한 생각도 머리에서 떠난 적이 없었다.

대무영은 무영단원들을 주루에서 잠시 쉬도록 하고 자신은 소선의 집에 들렀다.

불쑥 찾아온 그를 맞이하는 모친과 소선은 둘이 동시에 그의 품에 안기면서 반가움의 눈물을 흘렸다.

남자가 없는 집안이며 더욱이 금쪽같은 사위이기에 단 두 번의 만남이지만 혈육처럼 반겨주었다.

대무영은 두 사람에게 충분한 노잣돈을 주어 길을 떠나도록 종용했다.

목적지는 낙양 하남포구의 무영선이다. 아란과 청향, 용구에겐 미리 얘기를 해두었기 때문에 이들 모녀가 그곳에 도착하면 대무영이 돌아올 때까지 서로 다독이면서 잘 생활을 할 것이다.

모녀는 대무영이 곧 떠나야 한다고 말하자 매우 섭섭한 표정을 지었다.

하지만 그가 자신들을 잊지 않고 찾아주었으며 또 안전하게 살 곳을 마련해 주었다는 사실에 감격을 금치 못했다. 또한 앞으로는 대무영하고 함께 살 수 있다는 생각에 눈물을 흘리며 기뻐했다.

대무영이 모녀를 챙기는 데에는 그만한 이유가 있다. 북금창이 몰살을 당하고 털렸다는 사실을 마학사가 알게 되면 여러 방면으로 의심을 할 것이 분명하다.

그러다 보면 필경 대무영에 대해서도 의심을 할 것이고, 그러면 당연히 소연과 그녀의 가족에게도 손길을 뻗칠 것이라고 예상했다. 그래서 그녀들을 미리 안전하게 피신시키려는 것이다.

하지만 순전히 그런 이유 때문만은 아니다. 그녀들은 엄연한 장모와 처제다. 그러므로 거두어서 함께 살며 보살피는 것이 당연하다.

악양으로의 갈 길이 바쁜 대무영이지만 모녀가 낙양을 향해 길을 떠나는 것을 보고서야 일행이 기다리고 있는 주루로 돌아갔다.

대무영 일행은 낙양을 출발하여 열흘 만에 마침내 악양에 도착했다.

 준마를 타고 달려서 온다고 해도 족히 보름 이상은 걸리는 먼 길인데, 노산현에서부터는 거의 쉬지 않았기에 열흘에 주파할 수 있었다.

 밤에는 선두를 맡은 사람이 자지 않고 천천히 말을 몰았으며, 그 뒤의 말들은 줄로 연결하여 따라가게 하고 뒷사람들은 마상에서 잠을 청했다.

 선두가 피곤하면 번갈아가면서 교대를 해주었기 때문에 밤새 이동하는 것이 가능했다.

 대무영은 마학사가 아무리 발 빠르게 조치를 취한다고 해도 자신들보다는 늦을 것이라고 확신했다.

 자신들은 소수정예라서 빠르고, 마학사는 많은 인원일 테니 더딜 수밖에 없을 터이다.

 또한 북금창을 턴 암중의 인물이 연이어서 남금창까지 털 것이라고 예상하지 않을 수도 있다.

 어쨌든 대무영이 북금창을 급습하고 낙양에 도착하자마자 금화와 보석을 감추는 즉시 출발한 일은 잘했다.

 남금창은 악양에서 남쪽으로 십여 리쯤 떨어진 동정호(洞庭湖) 호변에 위치해 있었다.

 북금창이 그렇듯이 남금창 역시 여러모로 닮은꼴이었다. 한적한 곳에 혼자 뚝 떨어져서 있다는 것과 규모 면에서나,

전문 뒤쪽 호수에 장원 안으로 깊숙이 통하는 수로가 뻗어 있다는 것, 그리고 장원 내부의 전체적인 구조와 전경까지도 북금창과 흡사했다.

대무영은 북금창에서의 일을 거울로 삼아 남금창에서는 신중을 기했다.

북금창에서는 대부분 감정적으로 행동했다면, 남금창에서는 냉철한 이성으로 계획을 짜고 실행에 옮길 생각이다.

우선 남금창 주변을 샅샅이 둘러본 결과 별다른 이상한 점을 발견하지 못했다.

고수들이 은밀하게 은신하고 있다면 대무영이 감지하지 못할 리가 없다.

그로써 북금창이 급습을 당한 이후에 마학사가 남금창을 보강하려는 손길이 아직은 미치지 못했다는 사실을 다시 확인할 수 있었다.

어쩌면 마학사가 남금창으로 보낸 대천계의 고수들이 이곳으로 오고 있는 중일지도 모른다.

만약 그들이 도착했다면 대무영은 남금창을 포기할 수밖에 없을 것이다.

남금창을 살펴본 이후에 대무영은 악양포구로 가서 남금창의 금은보화를 실을 배 한 척을 구입했다.

북금창처럼 남금창 내에도 큰 배가 있을 테지만 그 배를 사용하면 도주하는 과정에서 또 변장을 해야 하는 일이 번거롭기 때문이다.

대무영은 밤이 되기를 기다렸다가 혼자 남금창에 잠입했다. 이번에는 수로가 아닌 담을 넘었다.

북금창에서 다수를 상대하다가 호되게 고생을 했던 그는 작전을 달리했다.

즉, 남금창도 북금창처럼 이인 일조일 것이라는 전제하에 이인 일조를 하나씩 차례차례 없애기로 했다.

그렇게 하는 것이 꽤 시간이 걸리더라도 그게 안전할 것이라고 판단했다.

밤은 길다. 밤사이에 남금창의 삼백 명을 다 처치할 수 있을 것이라고 믿었다.

그러나 하나의 변수는 대무영의 몸 상태다. 북금창에서 일곱 군데 당한 상처가 아직 완전히 아물지 않았다.

천년하수오를 복용한 덕분에 칠 할 정도는 회복이 되어 웬만한 행동은 상관이 없으나, 격렬하게 싸우다 보면 상처가 다시 터질지도 모른다. 고통쯤이야 얼마든지 견딜 수 있으나 그게 문제다.

"하아악! 학학……."

대무영이 마지막으로 상대한 자는 남금창의 세 명의 계주

중 한 명이었다.

그리고 마침내 삼백 명째 계주의 머리통을 삼족오검풍으로 날려 버린 직후에 대무영은 그 자리에 무릎을 꿇고 두 손으로 땅을 짚은 채 거친 숨을 몰아쉬었다.

숨이 차서 심장이 당장에라도 터져 버릴 것만 같았다. 싸울 때는 어떻게든 견뎌야 한다고 막무가내로 버텼는데 막상 싸움이 끝나고 나니까 도대체 이렇게 숨이 차면서도 어떻게 버티고 싸웠는지 이해가 되지 않았다.

더구나 온몸은 잔뜩 물 먹은 솜처럼 기진맥진 손가락 하나 까딱할 힘조차 남아 있지 않았다.

북금창에서 진저리를 칠 정도로 격렬하게 싸우고 나서 다시는 그런 싸움은 할 수 없을 것 같았다.

그래서 남금창에서는 작전을 크게 달리했던 것이다. 조금이라도 쉬운 싸움을 하고 싶었기 때문이다.

그러나 결국 이곳에서도 싸우는 과정과 결과는 비슷했다. 비슷할 수밖에 없다. 업어치나 메치나 마찬가지였다. 어쨌거나 삼백 명의 고수를 상대로 싸운다는 것은 정말로 지독한 일이다.

푹!

그는 그대로 앞으로 엎어졌다가 그대로 혼절했다. 그의 주위에는 대략 칠십여 구의 고수 시체가 배반낭자의 그것처럼 어지러이 흩어져 있었다.

적들을 최소단위로 하나씩 격파한다는 그의 작전은 거의 성공했으나 후반에 가서는 그러지 못했다.

지금 이곳에서 죽은 칠십여 명이 그가 마지막으로 한꺼번에 상대했던 다수의 적이다.

만약 지금 어딘가에 숨어 있던 한 명의 적이 나타난다면 그로서는 추호도 저항할 힘이 남아 있지 않으므로 죽음을 당할 수밖에 없을 터이다.

남금창 급습은 뚜껑을 열어보니까 역시 그가 예상했던 대로 북금창하고 모든 면에서 똑같았다.

남금창 곳곳에는 시체가 수두룩했다. 옹보 바깥을 경계하는 백 명의 고수다.

대무영은 그들을 이인 일조씩 차근차근 죽여 나갔다. 어떨 때는 서너 개 조 여섯 명 내지 여덟 명을 상대했으나 어려운 일은 아니었다.

그 다음에는 옹보의 철문을 활짝 열어놓고는 재빨리 물러나서 멀찍이에서 기다렸다.

북금창에서는 옹보에 들어가 철문을 닫은 상태에서 이백 명을 상대로 싸우다가 낭패를 당했었기에 이번에는 옹보 안에 있는 이백 명을 밖으로 끌어내려는 것이었다.

그리고 그의 의도는 성공했으며 옹보에서 나온 고수들을

멀리 유인하여 죽이고는 다시 옹보에 와서 주위를 어슬렁거리며 또다시 적들을 유인하는 방법을 썼다.

휘익―

그때 저만치 한쪽 방향에서 몇 개의 인영이 이쪽을 향해 나는 듯이 달려왔다.

가장 앞선 인영은 진복이고 십여 장 뒤쳐져서 무영단원들이 전력으로 달려오고 있다.

그들은 싸움이 벌어지고 있는 동안에는 감히 이곳에 들어올 엄두를 내지 못했었다.

싸움이 거의 끝나갈 무렵에 그들 중에서 제일 고강한 진복이 담 위에서 안쪽의 상황을 지켜보다가 싸움이 끝난 것 같다고 판단하여 무영단원들을 이끌고 들어오는 길이다.

"조장!"

"단주!"

진복은 북금창에서의 일에서의 경험이 있기 때문에 도착하자마자 시체 더미를 뒤지기 시작했다.

그런데 북설과 무영단원들은 땅바닥에 즐비한 시체들을 보고는 대무영이 죽었는지 알고 얼굴이 새파랗게 질려서 절규하듯이 그를 불러댔다.

무영단원들은 이런 참혹한 광경을 난생처음 본다. 그러나 지금은 그런 광경이 눈에 들어오지 않는다. 오로지 대무영의 안위만이 초미의 관심사일 뿐이다.

만약 평소에 이런 광경을 봤으면 다들 구토를 하느라 정신이 없었을 것이다.

그때 무영단원들은 진복이 시체 더미 한가운데에서 피투성이 한 사람을 안고 바깥쪽으로 걸어 나오는 것을 발견하고 놀라서 우르르 달려갔다.

"조장이야?"

"죽었소?"

진복은 대무영을 평평한 풀 위에 조심스럽게 눕혔다. 대무영은 얼굴부터 발끝까지 온통 피투성이지만 그를 알아보지 못하는 사람은 아무도 없다.

"죽은 거야?"

진복이 대무영 가슴에 귀를 대고 있는 것을 보고 북설이 초조하게 물었다.

진복은 상체를 일으키며 진중한 얼굴로 대답했다.

"단주는 그리 쉽게 죽지 않소."

그는 대무영에 대해서 무영단원들보다 더 잘 알고 있는 것처럼 말했다.

어떤 면에서는 그가 더 많이 안다. 북금창의 그 처절했던 혈전의 현장에 그도 함께 있었기 때문이다. 그리고 어느 한 부분에서 대무영하고 통하는 것이 있었다.

무영단원들은 피범벅이 되어 시체처럼 누워 있는 대무영을 보면서도 어떻게 해야 할 줄 몰랐다.

그들이 의술을 알고 있을 리가 없다. 그저 속만 새카맣게 타고 있을 뿐이다.

지금 믿을 수 있는 사람은 진복뿐이다. 그는 대무영의 온몸을 자세히 살펴보고는 가벼운 상처를 네 군데 입었다는 사실을 알아냈다.

다만 북금창에서의 상처 두 군데가 터졌으며 기력이 고갈되어 혼절한 것이라고 판단했다.

진복이 대무영의 몸을 살피면서 침묵을 지키자 북설은 급한 성격을 터뜨렸다.

"야! 진복! 조장이 지금 어떤 상태야? 말을 좀 해봐! 말을! 속 터지겠네!"

"심각하긴 하지만 북금창에서 당했던 만큼은 아니오."

진복은 새파랗게 어린 북설이 무례하게 구는데도 개의치 않고 조용히 대답했다.

"북금창에서 당했던 만큼은 아니라고?"

무영단원들은 크게 놀란 얼굴로 대무영을 쳐다보았다. 그 당시에 대무영은 북금창에서 진복을 무영단원들에게 보낸 후에 얼굴을 대충 씻고 그곳에서 옷 한 벌을 찾아내서 갈아입었기 때문에 그가 얼마나 다쳤는지 무영단원들은 알지 못했었다.

 단지 그가 행동이 자연스럽지 못하고 이따금 얼굴을 찌푸리는 것으로 봐서 어딜 다친 것이 아닌가 하고 무심히 생각했을 정도다.

 "그때 단주는 심각한 상처를 다섯 군데, 가벼운 상처를 두 군데 당했었소. 지금처럼 시체 더미 속에 파묻혀 있는 것을 찾아냈었는데 거의 죽어가고 있었소."

 "……"

 무영단원들은 아무 말도 하지 못하고 경악과 자책의 표정을 지을 뿐이다.

 진복은 할 말을 다 했다는 듯 북금창에서처럼 대무영의 가슴에 손바닥을 밀착시키고 전력을 다해서 진기를 주입하기 시작했다.

 북설과 무영단원들은 그 모습을 지켜보았다. 그러면서 대무영이나 진복이 말해주지 않았던 북금창에서 일어났을 법한 많은 일을 상상해 보았다.

 그때 무영단원들은 북금창 내부에서 수많은 처참한 시체를 보았었다.

 그래서 그들 모두를 대무영 혼자서 죽였다면서 그를 굉장히 자랑스럽게 생각했었다.

 '과연 조장의 실력은 최고다. 우리 단주는 정말 위대한 사람이다' 라고 말이다.

그러면서도 대무영이 심하게 다쳤을 것이라는 생각은 하지 않았었다.

그가 초주검이 되어 시체 더미 속에 파묻혀 있었으며, 지금처럼 진복이 그를 살렸을 것이라는 사실은 상상조차 하지 못했었다.

무영단원들은 그제야 비로소 대무영이 어째서 진복을 무영단원으로 받아들였는지 이해할 수 있었다. 진복은 대무영의 목숨을 구해주었던 것이다.

그리고 이제야 깨달았다. 북금창의 그 어마어마한 금화와 보물들은 거저 생긴 것이 아니라 대무영이 생사의 고비를 넘나들면서 힘겹게 쟁취한 것이었다.

다만 그가 아무 일도 없었다는 듯이 행동을 했기 때문에 바보 같은 무영단원들은 그의 겉모습만 보고 그저 좋아서 킬킬거렸을 뿐이다.

북설과 유조, 이반, 주고후는 복잡한 표정으로 진복과 대무영을 지켜보았다.

그러면서 그들은 많은 것을 깨달았으며 많은 것을 배우고 뉘우쳤다.

第五十九章
북진(北進) 삼족오선(三足烏船)

대무영과 무영단원들은 남금창의 금화와 보물을 남김없이 깡그리 미리 준비한 배에 실었다.

 남금창의 금화와 보물은 북금창보다 조금 더 많았으며 그 외에 다른 것들도 있었다.

 보물이라고는 할 수 없지만 진귀한 물건들과 영약, 영초, 영물 같은 것들로써 어쩌면 그것들이 금화나 보물보다 더 가치 있는 것인지도 모른다.

 배에 실어야 할 것이 얼마나 많은지 자정이 되기 전에 싣기 시작해서 동이 트기 직전이 돼서야 배가 남금창 수로를 빠져 나와 출발할 수 있었다.

약 한 시진 정도의 혼절에서 깨어난 대무영은 선실에서 휴식을 취하고 있으며, 무영단원들이 제각기 배의 각 부분을 맡아 운항을 했다.

일단 동정호를 완전히 벗어나야지만 조금이라도 안심을 할 수가 있다.

동정호는 드넓지만 대무영의 배처럼 큰 배가 거의 없기 때문에 쉽사리 눈에 띌 터이다.

반면에 장강에서는 이런 큰 배가 흔해서 그 속에 파묻히면 여느 상선으로 보일 터이다.

미리 상선으로 준비했었기 때문에 이번에는 배를 위장할 필요가 없다.

악양에서 장강까지는 이십여 리 남짓으로 그다지 멀지 않은데 긴장감이 극에 달한 무영단원들에게는 이십여 리가 천 리처럼 멀게만 여겨졌다.

어쨌든 배는 무사히 장강에 진입하여 수많은 배들 속에 파묻혀 무창으로 향했다.

남금창의 보물들을 차곡차곡 쌓아놓으면 웬만한 전각 한 채 크기와 맞먹을 정도다.

그렇기 때문에 배로 운반할 수밖에 없다. 마차나 수레로 운반한다면 안전상의 문제는 차치하고서라도 수십 대가 필요할 것이다.

　마차와 수레 수십 대가 길게 늘어서서 낙양까지 간다는 것은 말도 되지 않는 일이다.

　악양에서 장강을 타고 하류로 향하는 무창까지의 거리는 사백여 리에 달한다. 아무리 빨리 간다고 해도 배로 족히 팔 일에서 열흘은 걸린다.

　그러나 일단 장강으로 진입한 이상 어느 정도는 안심을 해도 될 터이다.

　셀 수도 없을 정도로 수많은 배가 떠다니는 장강에서, 더구나 영락없는 상선의 모습인 대무영의 배에 남금창의 보물이 실려 있을 것이라고 상상하는 사람은 아마 한 명도 없을 것이다.

　하지만 그것도 마학사의 대천계 고수들이 남금창이 초토로 변했다는 사실을 알아냈을 때의 일이다.

　그들이 늦으면 늦을수록 대무영의 배는 더욱 안전한 곳으로 멀어질 터이다.

　대무영의 고향인 호남성 정항은 동정호 남쪽인 상수 하류 부근에 있으며 악양에서 불과 백오십여 리 거리 밖에 되지 않는다.

　그는 여기까지 와서 고향의 어머니 묘에도 가보지 못하는 것이 안타까웠으나 그러다가는 대의를 그르칠 수가 있어서 애써 참았다.

 동정호와 장강이 굽이쳐 도도하게 흐르고 있는 호남성 북부지역과 호북성 남부지역이 맞닿는 광활한 지역은 그야말로 물의 나라다.
 수백 개의 크고 작은 호수와 수천 개의 강과 계류가 뒤엉켜서 흐르며 합쳐지고 흩어진다.
 대무영의 배는 악양에서 장강 하류로 이십여 리 떨어진 곳의 형하구(荊河口)라는 포구에 잠시 정박했다.
 물길로 만여 리에 달하는 머나먼 길을 가야 하기 때문에 대무영은 능숙한 뱃사람을 구해야겠다고 결정했으며 가장 가까운 형하구를 선택했다.
 금화와 보물들이 실린 선창 사 층으로 내려가는 두 개의 입구는 잠가놓았으며, 뱃사람들에게 선창에는 내려가지 말라고 엄하게 주의를 주면 될 일이다.
 뱃사람들이 제아무리 험하고 극성스러워도 대무영이나 무영단원 정도는 아닐 것이다.
 그러므로 충분히 그들을 감당할 수 있을 것이라고 대무영은 판단했다.
 그렇지만 몇 달이 걸릴는지 알 수 없는 상황에서 아무나 덜컥 채용할 수는 없다.

대무영 일행의 목적지는 호북성 북부지역 한수의 중류인 번성이다.

지금 있는 곳에서 번성까지는 강을 따라 빙빙 돌아서 무려 만여 리에 이른다.

예전에 대무영은 이름도 모르는 불쌍한 소녀에게 산 녹슨 검을 번성의 병기전에서 동이검으로 새롭게 탄생시켰으며, 그곳에서 우연히 이무기 껍질 망사피를 구해서 검초와 망사린을 만들었었다.

번성에서 백하(白河)라는 강을 따라 상류로 거슬러 북상하여 남소현까지 당도하면, 거기부터는 수심이 얕고 유속이 빨라서 이처럼 큰 배는 더 이상 가지 못한다.

남소현에서 낙양까지는 이백여 리 남짓의 가까운 거리이고 또한 관도가 시원하게 잘 닦여져 있으므로 수레를 이용할 생각이다.

그러나 수십 대의 수레 행렬로 낙양에 들어가는 것은 쉽사리 눈에 띄기 때문에 위험하다.

그래서 남소현에 당도하면 무영단원들을 미리 낙양으로 보내서 배를 몰고 오도록 할 계획이다.

이수(伊水) 중류인 이양현(伊陽縣)의 포구에 배를 끌고 오면 그곳에서 배에 물건을 싣고 이수 하류로 칠십여 리 정도 내려갔다가 낙수와 합류하는 지점에서 낙수를 타고 이십여 리쯤 거슬러 오르면 바로 목적지인 낙양 하남포구다.

그런 식으로 하면 마학사의 추격대 따위는 전혀 걱정하지 않아도 될 것이다.

이반과 북설, 유조가 뱃사람들을 구하러 간 사이에 대무영은 진복과 함께 정박한 배 주위를 어슬렁거리면서 혹시라도 수상한 자가 없는지 주위를 경계했다.

이곳은 어선은 한 척도 보이지 않았으며 포구에 정박해 있는 배들은 하나같이 덩치가 큰 상선뿐이다.

정박하고 나서 알아보니까 형하구는 동정호와 장강을 비롯하여 여러 개의 강이 합쳐지는 지형적 특성 덕분에 예로부터 물류의 집산지로 이름을 떨쳐왔다.

그래서 포구에는 많은 상선이 산더미 같은 물건을 싣고 내리고 있거나 포구 거리에 잘 발달되어 있는 조선창에서 배를 고치거나 수리하고 또 상인이나 뱃사람들이 포구에 형성된 수백 개의 상점이 운집해 있는 상점가를 이용하느라 분주한 광경이었다.

한동안 주위를 둘러보던 대무영의 시선이 이윽고 한곳에 멈추었다.

포구의 광장인데 백여 명 이상의 많은 사람이 큰 원을 형성한 채 모여 있으며, 복판의 단상에는 몇 사람이 올라서서 뭐라고 소리치고 있었다.

대무영이 잠시 들어보자니까 단상의 사람들은 상선의 사람들, 즉 상인으로서 자기들 배에서 일할 경험 많은 뱃사람을 구하고 있으며, 원을 형성한 백여 명은 일자리를 구하는 뱃사람이었다.

오래지 않아서 상선의 사람들은 원하는 뱃사람 다섯 명을 구해서 그들을 이끌고 그 자리를 떠나려고 했다.

그런데 선택받지 못한 많은 뱃사람 중에서 한 명이 상인들 앞을 가로막으며 목소리를 높였다.

"일당을 싸게 받을 테니까 우리를 써주시오!"

"아! 글쎄 열 명은 너무 많다니까 그러네."

"일인당 하루 일당 닷 냥 어떻소? 열 명 해봐야 오십 냥 아니오? 이 자들 다섯 명 일인당 일당이 열 냥이니까 우리하고 똑같지 않소?"

앞을 가로막은 범강장달이처럼 고슴도치 수염투성이에 우락부락하게 생긴 자가 상인들 뒤쪽에 따라나선 다섯 명의 뱃사람들을 가리키며 소리쳤다.

오죽 급하면 일당을 반으로 후려쳐서 자신들을 써달라고 애원하고 있는 중이다.

그러나 상인의 한마디가 범강장달이를 일축시켰다.

"이들은 다섯 명뿐이니까 밥을 덜 축내잖소."

"끙! 지미럴… 밥 먹는 것 갖고 치사하게 구는 거요?"

범강장달이는 더 이상 밀어붙이지 못했다. 뱃사람 힘은 밥심인데 밥을 덜 먹겠다고 할 수는 없기 때문이다.

이 궁핍한 시기에는 누구에게나 먹고 사는 것이 제일 중요한 일이다. 더구나 힘을 써야 하는 뱃사람들에게는 더욱 그렇다.

오만상을 쓰고 있는 범강장달이 주위로 뱃사람들이 모여들었으며 범강장달이까지 모두 열 명이다.

아홉 명의 뱃사람은 풀죽은 모습이지만 애써 범강장달이를 위로했다.

그들이 하는 행동으로 미루어봐서는 그들 열 명이 하나의 조(組)인 듯하고, 범강장달이가 우두머리, 즉 조장인 것처럼 보였다.

상인들이 뱃사람을 구하는 일은 끝났고 이들은 오늘도 일거리를 얻지 못해서 어깨를 늘어뜨린 채 발길을 돌릴 수밖에 없었다.

벌써 한 달 이상이나 일을 하지 못했기 때문에 이들의 가족은 끼니를 잇지 못하는 궁핍한 생활을 이어가고 있는 중이다.

그런데 오늘도 일거리를 얻지 못했으니 맥이 빠질 수밖에 없는 일이다.

힘없이 무리지어 포구를 떠나는 그들은 포구 가장자리에 줄지어 늘어선 주루를 힐끗거렸다.

주루에서 술을 마셔본 적도 까마득한 옛일이다. 경기가 좋은 호시절에는 길고도 먼 항해에서 돌아오면 주머니가 두둑해져서 모두들 주루에 둘러앉아서 배불리 먹고 마셨었는데 요즘은 예전 같지가 않았다.

"어이, 일 잘하는 뱃사람을 구하는데 말이야."

그때 어깨를 축 늘어뜨리고 힘없이 걸어가는 그들의 발걸음을 붙잡는 목소리가 뒤쪽에서 들렸다.

모두들 뚝 걸음을 멈추고 돌아보니 체구가 큰 낯선 경장 사내 한 명이 우뚝 서 있었다.

오른쪽 어깨에 검을 메고 있는 것이 한눈에도 매우 깐깐한 강호인처럼 보였다.

뱃사람들은 상대가 강호인이라 뱃사람을 구한다는 말에도 선뜻 나서지 못하고 쭈뼛거렸다.

그때 우두머리 범강장달이가 성큼성큼 강호인에게 걸어가서 멈췄다.

지금은 찬밥 더운밥 가릴 처지가 아니다. 일거리가 있다면 지옥이라도 가야 할 판국이다.

"우린 열 명이오. 한 명이라도 떨어져서는 일 못하오."

강호인은 가볍게 고개를 끄떡였다.

"상관없다. 일인당 일당 열 냥이고 두어 달쯤 걸릴 것이다. 하겠느냐?"

범강장달이와 아홉 뱃사람 얼굴에 기대가 서렸다. 두어 달 걸리는 항해라면 대단한 일거리다.

다른 일거리는 길어야 한 달이고, 보통은 열흘에서 보름 정도다. 더 짧으면 사나흘짜리도 있다. 하지만 그것도 없어서 못 한다.

더구나 낯선 강호인은 일당으로 열 냥을 준다니까 얼추 계산해도 두 달이면 육백 냥이다.

그거면 그동안 일거리가 없어서 찌들었던 생활을 한 방에 해결할 수 있을 것이다. 모두들 군침을 흘리면서 주위로 모여들었다.

"어느 배요?"

그러나 범강장달이는 조금도 흥분하지 않았다. 상대가 강호인이라서 위험할 수도 있기 때문이다.

그의 진중한 물음에 강호인은 포구에 정박해 있는 배들 중에 하나를 가리켰다.

"저 배다."

"음."

범강장달이 일행이 그 배를 바라보며 침을 삼켰다. 다른 상선보다 훨씬 큰 배라서 마음에 들었다.

하지만 배는 상선인데 눈앞에 있는 자는 강호인이라서 그게 좀 껄끄러웠다.

"무엇을 운반하오?"

범강장달이의 물음에 강호인은 미간을 좁혔다.

"하기 싫은 게냐?"

범강장달이가 말이 없자 강호인은 미련 없이 몸을 돌려 저만치 뱃사람이 많이 모여 있는 곳으로 향했다. 뱃사람은 많으니까 하기 싫으면 그만두라는 뜻이다.

아홉 명의 뱃사람은 초조하게 범강장달이를 쳐다보았으나 아무 말도 하지 않았다.

모든 결정은 범강장달이가 한다. 그는 아홉 명의 신망을 한 몸에 받고 있다.

"조건이 있소."

범강장달이가 조금 초조해진 목소리로 강호인의 등에 대고 말했다.

"뭐냐?"

강호인 진복이 걸음을 멈추고 고개만 돌렸다.

범강장달이는 매우 어려운 말을 꺼내는 듯 뜸을 들이다가 입을 열었다.

"하루 세 끼에 밥을 많이 줘야 하오."

"알았다."

진복이 고개를 끄떡이자 범강장달이 뒤에 모여 서 있는 아홉 명의 얼굴에 환한 표정이 떠올랐다.

북진(北進) 삼족오선(三足烏船)

상대가 강호인이라서 조금 껄끄럽지만 가족들이 끼니를 굶고 있는 것보다는 낫다.

"그럼 하겠소."

범강장달이의 말에 진복이 몸을 돌렸다.

"한 시진 후에 출항하겠다."

"지금 출항하는 것이 아니오?"

"문제가 있느냐?"

"그런 건 아니지만……."

"너, 따라와라."

진복은 턱으로 범강장달이를 가리키고는 휙 몸을 돌려 대무영이 기다리고 있는 배 쪽으로 걸어갔다. 범강장달이는 영문을 모른 채 쭈뼛거리며 뒤를 따랐다.

배 앞에 당도한 진복은 서 있는 대무영에게 공손히 허리를 굽혀 예를 취한 후에 경과를 설명했다.

그러자 대무영이 범강장달이를 한 번 쳐다보고는 가볍게 고개를 끄떡이며 뭐라고 지시했다.

진복은 즉시 배로 올라갔다가 잠시 후에 묵직한 나무상자 하나를 옆구리에 끼고 와서 범강장달이에게 내밀었다.

쿵!

범강장달이는 엉겁결에 두 손을 내밀어서 받다가 너무 무거워서 허리가 꺾이며 바닥에 묵직하게 내려놓았다. 그는 배로 올라가고 있는 대무영과 진복을 보면서 의아한 표정으로 물었다.

"이게 뭐요?"

"선불이다."

"선불?"

진복은 뒤돌아보지도 않고 대답했다.

선불이라는 말에 범강장달이 주위로 아홉 명이 흥분된 얼굴로 우르르 몰려들었다.

이들은 지금까지 뱃일을 해오면서 선불을 받아본 적이 한 번도 없었기에 반신반의했다.

범강장달이는 그제야 진복이 자신들에게 한 시진의 여유를 준 이유를 알 듯했다.

선불을 받았으니 각자 가족들에게 가서 생활비를 주고 오라는 뜻이다.

단언하건대 지금까지 이런 경우는 한 번도 없었다. 선불을 받으면 뱃사람들이 도망을 치거나 일을 게을리 할 수도 있기 때문에 상인들은 절대로 선불을 주는 어리석은 짓은 하지 않는다.

아홉 명이 긴장된 얼굴로 지켜보고 있는 가운데 범강장달이는 나무상자 앞에 쪼그리고 앉아서 조심스럽게 뚜껑을 열어보았다.

"억?"

"허걱?"

"이… 이거… 은자 아냐?"

순간 열 명 모두의 입에서 헛바람 소리가 쏟아져 나왔고 비명 같은 탄성이 터졌다.

뚜껑이 열린 나무상자 안에는 하얗게 반짝이는 은자가 수북하게 들어 있었다.

아홉 명은 눈이 멀어버릴 듯한 표정으로 침을 흘리고 있는데, 범강장달이는 이미 배 위로 올라가서 보이지 않는 진복에게 소리쳤다.

"이게 뭐요?"

잠시 후에 난간가에 진복의 모습이 나타났다. 그는 아래를 굽어보며 차갑게 대답했다.

"너희 열 명의 일당 두 달 치 육천 냥의 절반 삼천 냥을 선불로 준 것이다."

"우… 우리는……."

"뭐가 잘못됐느냐?"

아홉 명은 멍한 표정을 지었고, 범강장달이는 마른침을 꿀꺽 삼키고 나서 억눌린 목소리로 말했다.

"우리가 말한 일당 열 냥은… 구리돈이었소……. 이것은 은자가 아니오?"

범강장달이는 우락부락하게 생긴 것하고는 달리 매우 정직한 성격이었다.

 "우린 싸구려 일꾼은 쓰지 않는다. 한 시진 후에 나타나지 않으면 잡으러 가겠다."

 진복은 별것 아니라는 듯 말하고는 시야에서 사라졌다.

 범강장달이와 아홉 명은 귀신에 홀린 듯한 표정으로 나무상자를 쳐다보다가 갑자기 눈물을 흘리면서 와악! 하고 함성을 터뜨렸다.

 선실로 걸어가는 진복은 뒤쪽 배 아래에서 터져 나오는 함성을 듣고는 흐뭇한 미소를 지었다.

 조금 전에 그는 뱃사람들의 하루 일당이 구리돈 열 냥이라는 사실을 알아냈고, 그 액수로 범강장달이들과 흥정을 했던 것이다.

 그런데 진복에게 그런 보고를 받은 대무영이 구리돈이 아닌 은자로 열 냥을 선불로 주라고 했다.

 뱃사람들이 받아본 적 없는 선불을 받은 데다 더구나 은자로 일당 열 냥을 쳐서 받았으니 기뻐서 춤을 추는 것이야 당연지사다.

 진복은 몇 냥의 은자로 사람을 저토록 기쁘게 만들 수 있다는 사실을 처음으로 실감하고 가슴이 따뜻해졌다.

대무영의 배는 형하구에서 두 시진 정도 머물면서 열 명의 뱃사람과 두어 달 동안 필요한 생필품을 넉넉하게 구한 후에 출항했다.

 북금창에서 금화상자와 보물상자를 싣고 나온 배의 이름을 삼족오선이라고 지었었다.

 그래서 남금창의 물건을 실은 이 배에도 삼족오 깃발을 달았고 삼족오이선(三足烏二船)이라고 불렀다.

 범강장달이의 이름은 만당(万當)이고 나이는 사십오 세, 호남성 사람이라고 했다.

 만당과 아홉 명은 모두 같은 고향 사람으로 살길을 찾아서 십여 년 전 같은 날 고향을 떠나 형하구로 이사를 와서 그때부터 뱃일을 해왔다는 것이다.

 "목적지가 번성이라면 이십 일 정도 앞당길 수 있는 방법이 있습니다."

 뱃사람들을 담당하고 있는 진복에게 무창까지 갔다가 한수를 타고 거슬러 올라 번성현까지 갈 것이라는 설명을 듣고 난 후에 만당의 말이다.

 진복은 한동안 그의 설명을 자세히 들어본 후에 고개를 끄떡이고는 그를 선실 삼 층에 있는 대무영에게 직접 데리고 갔다.

 "주군(主君), 이 자의 말을 들어보십시오."

실내에는 대무영과 무영단원들이 편안한 자세로 탁자에 둘러앉아서 대화를 하고 있었다.

"만당, 주군께 내게 했던 말을 잘 말씀드려라."

무영단원들은 진복이 대무영을 '주군'이라고 부르자 내심 적잖이 놀랐다.

물론 그가 무엇 때문에 갑자기 대무영을 주군이라고 부르는지 알고 있다.

만당이나 다른 뱃사람들이 있는 곳에서 '단주'라고 부를 수 없기에 임시방편으로 둘러댄 것이다.

그런데 그 호칭이 무영단원 모두의 마음에 들었다. 그래서 언제 기회가 생기면 자신들도 대무영을 그렇게 불러야겠다고 생각했다.

만당은 무식하고 거친 뱃사람이지만 진복 같은 강호인이 너무도 공경하는 대무영 면전에서 최대한 깍듯하게 예의를 갖추었다.

"여기에서 하류로 삼십여 리쯤 더 내려가면 왼쪽에 홍호(洪湖)라는 큰 호수가 있습니다요."

홍호라면 대무영도 조금은 알고 있다. 호북성 남부지역에 군데군데 있는 수백 개의 호수들 중에서 홍호는 열 손가락 안에 꼽히는 큰 호수 정도로만 알고 있다.

"사람들은 잘 모르지만, 장강에서 홍호까지는 약 삼 리 정도의 뭍으로 가로막혀 있는데 자연적으로 생겨난 늪지와 수로들이 서로 연결되어 있습니다. 그중 한곳으로 가면 이 정도 큰 배도 너끈히 홍호에 들어갈 수 있습니다."

대무영은 아무 말도 하지 않고 묵묵히 듣기만 했고, 촉빠른 이반이 나섰다.

"홍호라는 호수로 들어가서 뭘 어쩌자는 것이냐?"

목적지는 번성현인데 어째서 홍호로 가자는 것이냐고 힐문하는 것이다.

"말하자면 홍호에는 여러 줄기의 주강(蛛江)이 연결되어 있습니다요."

"도대체 홍호와 주강이 뭐 어떻다는 건데?"

"반."

성질 급한 북설도 가만히 있는데 이반이 자꾸 성질을 부리자 북설이 조용히 불렀다.

그것으로 이반은 찔끔했다. 그는 대무영보다 북설을 더 무서워했다.

평소답지 않게 북설이 조용히 말했다.

"우린 잘 모르니까 알아듣게 설명해 봐라."

"네. 주강은 한 줄기가 아니라 수십 줄기이며 수십 개의 호수와 연결되어 있습니다요. 그중에서 한 줄기를 타고 북쪽으로 올라가면 잠강현(潛江縣)으로 나갑니다요."

그런데도 무영단원들은 만당이 말하려는 의도를 알아듣지 못했다.

그러나 대무영은 거기에서 딱 직감이 왔다. 잠강은 그가 몇 차례나 지나쳤던 한수의 하류에 있는 큰 현이다. 원래 계획대로 무창까지 갔다가 잠강현까지 가면 최소 한 달은 걸릴 터이다.

"혹시 주강이 둔강(迍江)이냐?"

"그, 그렇습니다. 주강의 원래 이름이 둔강입니다. 그런데 워낙 거미줄처럼 얽혔다고 해서 뱃사람들은 주강이라고 부릅니다요."

주강의 '주(蛛)'는 거미를 뜻하니까 말하자면 둔강은 거미줄강이라는 뜻이다. 거미줄처럼 얽히고설켰기 때문이다.

"확실하냐?"

"그러문입쇼. 소인과 동료들은 그 길로 수백 번도 더 다녔는뎁쇼?"

"네가 말한 대로 가면 얼마나 걸리느냐?"

"열흘이면 충분합니다요."

한 달 걸릴 거리를 열흘에 간다면 이십 일이나 단축하는 것이니 마다할 이유가 없다.

대무영은 고개를 끄떡였다.

"알았다. 너에게 맡기겠다."

"맡겨만 주십시오."

만당이 뻣뻣한 몸을 굽실 숙이고 돌아서는데 대무영이 불쑥 물었다.

"그런데 왜 빠른 길을 선택한 것이냐?"

말인즉, 원래대로 가면 시일이 더 걸릴 테고, 그러면 일당을 더 받을 수 있는데 왜 가깝고 빠른 길을 일부러 가르쳐 주어서 일당을 손해 보느냐는 뜻이다.

만당은 돌아서더니 공손한 자세를 취하고는 대무영을 쳐다보았다.

"그러면 안 됩니까요?"

진복에게 배운 말투다.

"하하하! 된다!"

대무영은 고개를 젖히고 유쾌하게 소리 내서 웃었다. 정말 오랜만에 웃어보는 가슴이 뻥 뚫리는 웃음이다.

만당은 덥수룩한 수염에 온통 가린 입으로 벙긋 소리 없이 미소 지었다.

만당을 비롯한 열 명의 뱃사람, 즉 선인(船人)들은 모든 면에서 나무랄 데가 없었다.

방향타를 잡은 자는 한 치의 흐트러짐도 없었고, 세 개의 돛을 내리고 올려서 펴는 세 명은 일사불란했으며, 전방을 주시하는 자나, 그 외에 청소를 하고 정리를 하며 식사를 담당하는 화장(火匠:주방장)까지 완벽했다. 그 모든 것이 만당의 지휘 아래 척척 이루어졌다.

삼족오이선은 어두워지기 전에 홍호로 들어서 반 시진쯤 북상하다가 호숫가에 닻을 내렸다.

"저기가 좋겠다."

대무영에게 모종의 지시를 받은 진복은 만당을 데리고 난간가로 가서 호숫가 뭍을 이리저리 살피다가 평평하고 적당한 장소를 골라 가리켰다.

"뭐가 말입니까?"

"저녁 식사는 저기에서 하자."

"주군 명령이십니까?"

"이놈이?"

"아… 아닙니다."

진복이 눈을 치뜨자 만당은 움찔해서 고개를 목 속으로 쑥 집어넣었다.

진복이 대무영을 주군이라 호칭하는 것이 멋있어서 제 딴에도 한 번 그래 봤는데 역시 혼쭐이 날 줄 알았다.

"그럼 이각 안에 저곳에 저녁 식사를 대령하겠습니다."

"너희들도 함께 먹는다."

"옛?"

만당은 자신의 귀를 의심했다. 평범한 상인들이라고 해도 막일꾼인 천한 선인들하고는 절대로 한 상에서 밥을 먹지 않는 법이다.

그런데 상인도 아닌 강호인들이, 그것도 주군까지 모시고 선인인 자신들과 함께 식사를 하다니, 천부당만부당 있을 수 없는 일이다.

"그것은……."

"주군의 명령이다."

만당이 주눅이 들어서 뭐라고 말하려 하자 이번에는 진복이 묻지도 않았는데 '주군의 명령'이라고 못을 박았다. 그 말에 만당은 놀라는 표정을 지었다.

"술과 고기를 풍족하게 준비하라."

진복은 그 말을 남기고 선실로 들어가 버렸다.

만당은 삼족오이선에서 작은 배를 내려서 동료들을 데리고 뭍의 진복이 가리킨 장소에 저녁 식사를 준비했다.

주군이 특별히 명령했기 때문에 추호의 부족함 없이 최고의 요리 솜씨로 최대로 풍족한 저녁 식사를 차렸다.

그러나 두 군데로 나누었다. 풍성한 저녁 식사는 주군들의 몫이고, 그곳에서 뚝 떨어진 곳에는 자신들의 조촐한 저녁 식사를 차렸다.
그러나 잠시 후에 대무영이 와서는 툭 한마디 던졌다.
"모두 이쪽으로 와라."

화르르……
모닥불이 기세 좋게 타오르고, 그 위에 커다란 고깃덩이가 지글지글 맛좋은 향기를 풍기며 구워지고 있다.
대무영을 비롯한 무영단원과 만당과 선인들은 모닥불 가에 빙 둘러앉아서 식사를 했다.
만당과 선인들은 처음에는 대무영이 도대체 왜 이러는 것인가 어리둥절하고 또 조심스러웠다.
그러나 그 역시 대무영의 한마디에 의심과 거부감이 눈 녹듯이 사라졌다.
"밥과 술을 먹을 때는 위아래 없이 한데 어울려서 마음껏 즐기는 것이다."
원래 노는 것이라면 뱃사람들을 능가할 자가 없다. 뱃사람들이야말로 정말 거하게 논다.
만당 이하 선인들은 처음에는 쭈뼛거리면서 몸을 사리더니 술이 몇 잔 들어가고 얼큰해지면서 고삐가 풀리자 정말이지 돈을 내고 구경해야 할 정도로 춤을 추고 노래를 부르면서 잘 놀았다.

요리와 술도 내 것 네 것 없이 함께 먹고 마시며 선인들이 술이 과하게 취해서 조금 실수를 하더라도 대무영과 무영단원들은 조금도 개의치 않고 박장대소하며 오히려 즐거워해 주었다.

 남자들은, 그리고 강호인들은 술로 친해진다. 하루저녁 뭍에서 실컷 먹고 마시면서 악을 쓰고 노래를 부르며 십 년 묵은 체증을 해소시킨 대무영네와 만당네는 마치 오랫동안 함께 생활했던 사람들처럼 친해졌다.

 밤이 늦어서야 연회 같은 저녁 식사가 끝날 때 대무영이 한마디했다.

 "이후 별일이 없는 한 저녁 식사는 모두 함께 먹자."

 다음 날 이른 아침에 만당은 하루일과를 시작하기 전에 선인들을 모두 불러 모으고 따끔하게 훈시를 했다.

 "공과 사를 구분해라. 어젯밤의 일로 주군과 나리들께 불경을 저지르는 놈은 내 손에 죽을 줄 알아라."

마학사의 대천계 세 번째 등급인 황계에는 모두 여섯 개의 계가 있으며, 각 세 개의 계가 북금창과 남금창을 지키고 있었다.

그들 여섯 개 계가 모조리 전멸했다는 보고를 받고 마학사가 직접 남금창으로 달려왔다.

강호를 떠돌면서 자신의 취미 생활, 즉 쟁천십이류의 전신을 팔면서 날고기는 고수들끼리 싸움을 붙이는 재미로 날 가는 줄 모르고 살던 그가 남금창에 도착한 시기는 남금창이 멸문을 당한 지 무려 한 달이 지났을 때였다. 딴에는 서둘러 온 것이 이렇게 됐다.

"음……."

마학사는 벌써 한 시진째 남금창을 서성거리면서 무거운 신음만 내뱉고 있다.

그의 명령으로 남금창 곳곳에 널려 있는 삼백 구의 시체는 원형 그대로 보존된 상태다.

그 때문에 남금창 곳곳에서는 시체 썩는 악취가 진동했으며 특히 옹보 앞 넓은 광장에 수북하게 쌓인 칠십여 구의 시체가 더욱 심했다.

그런데도 마학사는 아예 후각이 마비되어 버린 듯 남금창을 맴돌면서 시체들을 살피고 흉수의 흔적을 찾는 일에 혈안이 된 상태다.

그렇지만 아무리 시체들을 살펴봐도 누가 어떤 수법으로 죽였는지 짐작조차 가지 않았다.

강호에 대해서는 모르는 것이 없는 무불통지(無不通知)라고 자타가 공인하는 마학사지만, 사람의 몸뚱이를 종잇장처럼 썰어버리는 수법이라든지, 몸통의 한쪽이 뚝뚝 떨어져 나가거나 구멍이 뻥뻥 뚫리는 수법에 대해서는 전혀 아는 바가 없었다.

지금 마학사의 모습은 대무영이 익히 알고 있는 상거지 같은 꾀죄죄한 몰골이 아니다.

마치 일국의 황제를 연상하게 하는 봉황과 용이 찬란하게 수놓아진 비단금포를 입었으며, 반백의 점잖은 수염을 기른 기품 있는 모습이다.

 만약 대무영이 지금 이 모습을 본다면 그가 마학사라고 알아보지 못할지도 모른다.

 마학사는 기품 있는 모습과는 달리 오만상을 찌푸린 얼굴로 마침내 쥐어짜듯 입을 열었다.

 "뭘 좀 알아냈느냐?"

 지금까지 그의 주위에는 아무도 없었는데 그의 물음과 함께 양쪽에 스르르 두 인영이 모습을 드러냈다.

 "한 명의 소행이고 역시 검강(劍罡)을 사용했으며 북금창과 같은 수법입니다. 즉, 북금창을 몰살시킨 자가 남금창도 똑같이 몰살시키고 물건을 훔친 것입니다. 그런데 한 가지 특기할 점은, 이곳에서의 수법이 북금창 때보다 훨씬 발전했다는 사실입니다."

 마학사 왼쪽에 나타난 남의 장포를 입은 오십대 중반의 인물이 공손히 보고를 이었다.

 "한 명의 소행인데 북금창 때보다 수법이 발전을 했어?"

 마학사는 미간을 잔뜩 찌푸렸다.

 "북금창이 당한 후 얼마 만에 남금창이 당했느냐?"

 "십삼 일입니다."

"말도 안 된다."

마학사는 강하게 내뱉으며 고개를 내저었다. 한 명이 북금창과 남금창을 모두 몰살시켰다는 사실도 믿기 어려운데, 그자가 사용하는 검강이 불과 십삼 일 만에 훨씬 더 고강해지다니 도대체 말이 되지 않는 일이다.

평범한 무공도 아니고 검법의 최고봉인 검강을 어떻게 십삼 일 만에 그렇게 발전시킬 수 있다는 말인가. 모든 것이 이해할 수 없는 것뿐이다.

남의 장포인이 보고를 계속했다.

"검초식은 두 가지로 압축할 수 있으며 둘 다 도가의 검법이 분명합니다."

"자세히 말해라."

"하나는 어느 문파인지 알 수 없으나 또 하나는 무당파의 검법이 분명합니다. 단지 무슨 검법인지는 모르겠습니다."

남의 장포인 즉, 대천계 첫째 등급 천계의 두 우두머리 중 한 명인 좌천계(左天界)의 계주는 자신의 목을 걸기라도 할 것처럼 단언했다.

"무당파의 검법이라고?"

그 순간 마학사의 뇌리에 번개처럼 떠오르는 한 청년의 모습이 있다.

다름 아닌 대무영이다. 마학사는 대무영이 무슨 무공을 사용했었는지 손금을 보듯 훤하게 알고 있었다. 하지만 그는 곧 안색이 흐려졌다.

'놈은 죽었다. 내 눈으로 분명히 봤었다.'

대무영이 숨이 끊어진 것을 직접 확인하지는 못했으나, 마학사가 본 광경은 대무영이 죽은 것이나 진배없었다. 그 정도로 완벽한 죽음이었다.

만에 하나 대무영이 소생했다고 해도 북금창과 남금창의 도합 육백 명의 황계 고수를 죽일 만한 실력은 못 된다. 더구나 검강이라니, 그건 더욱 있을 수 없는 일이다.

검강은 쟁천십이류의 세 번째 등급인 신위쯤 돼야 흉내를 낼 수 있는 초상승검법이다.

그런데 기껏 군주인 대무영이 검강이라니 어불성설이고 개가 웃을 일이다.

마학사는 대무영을 머리에서 지웠다. 그리고 자신의 몇몇 적 중에서 이런 짓을 저지를 만한 인물을 머릿속으로 분석하면서 중얼거렸다.

"다른 것은 없느냐?"

이번에는 오른쪽에 홍의 장포를 입은 다부진 체구의 사십 대 후반의 인물, 우천계(右天界) 계주가 공손히 아뢰었다.

"모든 정황이 북금창을 습격한 방식과 한 치의 오차도 없이 동일합니다. 또한 손을 쓴 자는 한 명이지만 물건을 운반한 자는 여럿입니다. 또한 북금창에서처럼 배에 물건을 싣고 이곳을 빠져나갔습니다."

"동일하다 그건가?"

"흉수 한 명만 절정고수일 뿐 조력자들은 일개 평범한 고수 수준입니다. 아마 흉수가 우두머리고 나머지는 수하들인 것 같습니다."

마학사는 울화통이 터져서 발작하지 않으려고 어금니를 꾹꾹 깨물면서 간신히 견디고 있다.

북금창이 습격을 받아 황계 삼백 명이 몰살을 당하고 보물이 몽땅 털렸다는 보고를 받았을 때 그는 하늘이 무너지는 충격을 받았었다.

남북금창(南北金廠)은 그가 장장 이십여 년 동안 자린고비처럼 악착같이 모은 집대성이라고 할 수 있다.

사실 그의 수입원은 천하에 흩어져 있는 기루들, 즉 보천기집만 있는 것이 아니다.

보천기집 만으로는 남북금창을 가득 채운 금화와 보물을 절대로 모을 수가 없다.

그는 여러 가지 거대한 규모의 사업을 하고 있으며 보천기집은 그중 하나일 뿐이다.

그는 돈을 벌기 위해서 투자를 아낌없이 해왔다. 그러나 이익이 날 것 같지 않은 투자는 절대로 하지 않았다.

당금 천하에서 내로라하는 인물치고 그의 돈을 받아먹지 않는 자가 없을 정도다.

이거다라고 확신하는 것에 대한 투자는 물 쓰듯이 돈을 쓰지만, 거기에서 돈을 벌 때는 소나기가 퍼붓듯이 돈을 쓸어 담았다.

그렇게 해서 이십 년 동안 벌어서 모은 돈을 꽁꽁 감춰놓은 곳이 남북금창이다.

그래서 평생 모았다고 해도 과언이 아닌 돈과 보물들을 절반이나 강탈당했을 때 그는 하늘이 무너지는 좌절을 맛보았었다.

그런데 이제 남은 절반마저도 깡그리 털린 남금창에 서 있는 그는 북금창이 털렸을 때하고는 비교도 할 수 없을 정도의 절망감에 휩싸였다.

이십 년 동안 모은 모든 것이 사라졌으며 그에게 남은 것은 이제 푼돈뿐이다.

그따위 푼돈으로는 절대로 사업을 할 수가 없다. 천하에서 그의 손만 바라보고 있는 배에 기름기가 잔뜩 낀 자가 수천 명이다.

따라서 그들에게 뇌물을 주지 않는다면 수입도 끊어진다. 그러나 지금 그가 갖고 있는 푼돈으로는 채 며칠도 버티지 못할 것이다.

남북금창의 돈과 보물을, 아니, 금화만이라도 찾지 못한다면 그는 고스란히 망하고 만다.

그에게 막대한 이득을 남기는 일거리를 알선하거나, 최고급의 정보를 제공하고, 또 보통 사람들은 누릴 수 없는 최상의 편의를 누리게 해주는 것에 대한 대가를 치르지 못한다면, 현재 벌여놓은 사업을 모조리 접어야만 한다. 아니, 접지 않아도 스스로 주저앉을 것이다.

"좌천."

한동안 오만상을 쓰면서 이 궁리 저 궁리하던 마학사가 드디어 입을 열었다.

"하명하십시오."

쟁천십이류의 세 번째 등급 신위 중 한 명인 좌천계주는 공손히 허리를 접었다.

"관(官)을 동원해라."

마학사의 뇌물을 받아먹는 수천 명 중에서 관직에 있는 자가 수백 명이다.

"명을 받듭니다."

"우천."

"하명하십시오."

또 한 명의 신위인 우천계주가 허리를 굽혔다.

"무림청을 동원하라."

"명을 받듭니다."

쟁천십이류를 만들어내고 관리하고 있는 무림청의 굵직한 자는 거의 대부분 마학사의 돈을 받아먹고 산다.

좌우 두 명의 천계주는 나타날 때보다 더 빠르게 소리 없이 사라졌다.

마학사는 아무도 없는 옹보 앞에, 아니, 칠십여 구의 목불인견 시체가 악취를 풍기면서 썩어가고 있는 곳에서 혼자 우두커니 한참이나 서 있었다.

그의 눈에는 시체들이 보이지 않았으며 악취도 느껴지지 않았다.

머릿속에는 오로지 강탈당한 금화와 보물을 찾아야 한다는 일념밖에 없다.

그리고 머리에서 떨쳐내려고 하면 곧바로 다시 뇌리를 꽉 채우는 한 가지 생각이 있다.

"명(明)아."

삭풍 같은 중얼거림에 느닷없이 하늘에서 백의 인영 하나가 뚝 떨어져서 마학사 앞에 내려섰다.

"하명하세요."

머리끝에서 발끝까지 온통 백일색(白一色)인 여자다. 나이는 이십오륙 세 정도이고, 희한하게도 치렁치렁 늘어뜨린 머리카락이 온통 백발이다.

뿐만 아니라 눈도 백안(白眼)이다. 눈동자가 있지만 그 역시 눈처럼 희다. 그 한가운데 까만 점이 하나 있어서 섬뜩함을 물씬 풍겼다.

살결은 핏줄이 훤히 내비칠 정도의 빙기옥골(氷肌玉骨)이며, 두 손을 덮고 있는 상의나 땅에 끌리는 긴 치마도 눈부신 백색이다.

"네가 따로 해야 할 일이 있다."

마학사는 자신의 둘째 딸이며 대천계의 두 번째 등급인 명계의 최고우두머리 총명계주인 적명(寂明)에게 대무영의 일을 맡길 생각이다.

이치적으로는 남북금창을 몰살시키고 턴 자가 절대로 대무영일 수 없다.

하지만 대무영에 대한 생각이 머릿속에서 떠나지 않는다는 것은 마학사의 본능에 가깝다.

그는 거치적거리는 본능을 한 번 믿어보기로 했다. 조사해 봐서 아니면 그만이고, 본능이 맞는다면 천만다행한 일이 아니겠는가.

"대무영에 대한 모든 것들을 조사해라."

마학사는 첫째 딸인 적아보다 더 애지중지하는 적명에게 대무영의 일을 일임했다.

그가 얼마나 적명을 사랑하면 대천계의 두 번째 등급인 명계를 그녀의 이름에서 땄겠는가.

*　　　*　　　*

처음에 대무영은 삼족오이선이 번성현까지 오는데 두어 달이 소요될 것이라고 예상했었다.

그런데 만당이 지름길을 질러가고 또 그와 동료들의 배를 모는 탁월한 솜씨 덕분에 무려 한 달이나 줄여서 번성현에 당도할 수 있게 되었다.

대무영은 자신의 볼일 때문에 번성현에서 반나절쯤 머물기로 했다.

삼족오이선을 지키는 진복과 주고후를 제외한 모든 사람에게 용돈을 넉넉하게 주어 번성현에서 반나절 동안 휴식을 취하라고 지시했다.

한 달 동안 매일 밤 함께 즐겁게 식사와 술을 마신 무영단원들과 만당의 선인들은 이즈음에는 마치 십년지기처럼 친해져 있었다.

그래서 번성현에서도 서로 어깨동무를 하거나 손을 맞잡고 놀러나갔다.

다들 놀러가느라 바쁜데 유조가 대무영을 따라왔다.

그녀는 원래 조용한 성격이라서 떼를 지어 우르르 몰려다니는 것을 좋아하지 않는다.

하지만 매일 밤 저녁 식사를 빌어서 모두 함께 술을 마시면서 웃고 떠들 때는 그녀도 분위기를 깨지 않을 만큼 적당히 어울린다.

번잡한 것은 한사코 싫어하지만 그처럼 흥겹게 어울리는 것은 좋아한다.

대무영이 번성현의 복잡한 대로를 벗어나서도 일각을 더 걸어서 찾은 곳은 현 외곽의 고색창연한 한 채의 아담한 장원이다.

전문 위의 빛바랜 낡은 편액에는 '면막원(綿邈院)'이란 정갈한 글씨가 날아갈 듯 적혀 있다.

이곳은 대무영이 마음으로부터 존경하는 면막사가 기거하고 있는 장원이다.

사심 없고 고결한 면막사하고 너무 잘 어울리는 고풍스러운 전경에 대무영이 전문 앞에서 잠시 옷깃을 여미자 유조는 더욱 긴장하여 머리까지 매만졌다.

면막원의 하인이 대무영과 유조를 장원 뒷담 밖의 당하(唐河) 강가로 안내했다.

강가에 앉아 있는 면막사의 신선 같은 뒷모습과 강물에 드리워져 있는 낚싯대 하나가 보여서 내려가 보니까 면막사는 꾸벅꾸벅 졸며 오수를 즐기고 있었다.

대무영은 면막사의 오수를 방해하지 않으려고 옆에 유조와 함께 나란히 서서 기다렸다.

단아한 면막사의 얼굴만 바라봐도 대무영은 마음의 평온이 찾아들었다.

면막사는 마학사 같은 인물하고는 비견할 수 없을 정도로 박식하고 자비로운 인물이다.

마학사가 어둠의 악마라면 면막사는 밝음의 신선이다. 또한 마학사의 지식이 피와 죽음을 부른다면 면막사는 기쁨과 소생을 일으킨다.

대무영은 오늘 두 가지 일로 면막사를 찾아왔다. 지나가는 길에 그를 찾아뵙고 인사를 드리는 것과, 지난번에 면막사를 만난 이후부터 줄곧 품고 있던 의문 두 가지에 대해서 그의 조언을 들으려는 것이다.

유조는 면막사라는 이름도 처음 듣고 그를 보는 것도 처음이지만 그를 보는 순간 어째서 대무영이 그토록 존경하는지 알 수 있을 것 같았다.

얼굴 용모는 그 사람의 지닌바 성품과 행동거지를 반영한다는데 면막사의 용모는 그야말로 신선을 보는 듯하고 어린아이처럼 해맑았다.

면막사의 오수는 말 그대로 아주 짧게 일각 만에 끝났다.
 말뚝잠에서 깨어 대무영을 발견한 면막사는 마치 친조부처럼 자상한 미소를 지으며 두 손을 잡아주었다.
 "자네로군. 반갑네."
 "네, 어르신."
 면막사는 대무영이 기대했던 것보다 더 기쁘게 반겨주었다.
 "허허… 예상했던 것보다 늦었군."
 그는 대무영이 찾아올 것이라는 사실을 짐작하고 있었던 것처럼 너털웃음을 지었다.
 총명한 대무영은 그가 왜 그런 말을 하는 것인지 짐작했다. 즉, 자신이 동이검에 대한 의문을 품고 찾아오리라는 사실을 그가 알고 있었다는 뜻이다.
 면막사가 유조를 쳐다보자 대무영이 소개했다.
 "제 동료입니다."
 몹시 긴장한 유조는 날아갈 듯이 절을 올렸다.
 "유조에요. 노선배님을 뵈어요."
 "허허허… 나는 강호인이 아니니 선배라고 하지 말게."
 "그럼……."
 면막사는 자애로운 미소를 지었다.

"월하노인(月下老人)은 어떤가?"

"네?"

유조는 화들짝 놀라서 얼굴이 노을처럼 붉어졌다. 월하노인이란 전설 속에 나오는 인물로서 남녀를 홍색 실로 연결하여 서로 결합시키는 역할을 했다고 한다. 그래서 후세에는 월하노인을 '월노(月老)'라고 부르며 중매인, 중매쟁이를 일컫는 말로 널리 쓰였다.

유조는 면막사가 대뜸 자신을 월하노인이라고 부르라는 말이 그가 대무영과 자신을 엮어주는 중매쟁이라고 받아들인 것이다.

"조야, 월하노인이 뭐냐?"

유조에게 틈틈이 학문을 배우고는 있으나 아직 거기까진 모르는 대무영이 의아한 얼굴로 물었으나 유조로서는 대답하기가 곤란했다.

"그건……."

"자, 오늘은 모처럼 자네들이 찾아왔으니 낮술이나 한잔해야겠군."

면막사가 낚싯대를 거두더니 먼저 앞장을 섰다.

대무영은 뒤따르면서 나란히 걷고 있는 유조를 보며 눈짓으로 왜 그러냐고 물었다.

그러나 그녀는 여전히 대답을 못하고 대무영과 눈을 마주

치지도 못하면서 얼굴만 더 붉힐 뿐이다.

　면막사는 대무영과 유조를 유유히 굽이쳐 흐르는 아름다운 풍경의 당하가 한눈에 훤히 내려다보이는 아담한 정자로 이끌었다.
　잠시 후에 하인이 잘 익은 곡주와 검소한 안주를 가져오자 대무영이 공손히 면막사에게 술을 따랐다.
　"그동안 강녕하셨습니까?"
　"호오… 자네 유식해졌군."
　대무영이 '강녕'이라는 어려운 말을 쓰자 면막사는 신통하다는 표정을 짓고는 술을 조금 마시고 나서 나란히 앉아 있는 대무영과 유조의 잔에 술을 따라주었다.
　"요즘 이 친구에게 글을 배우고 있습니다."
　대무영은 멋쩍은 표정을 지으며 유조를 가리켰다.
　"이 낭자는 자네하고 어떤 관계인가?"
　그냥 평범한 질문인데도 웬일인지 유조는 가슴이 두근거리기 시작했다.
　"제가 무영단이라는 것을 만들었는데 이 친구는 부단주입니다. 하지만 누이동생처럼 대하고 있습니다."
　"이 낭자 나이가 몇인고?"
　"너 몇 살이지?"

유조는 얘기가 자꾸 이상한 방향으로 흘러가자 점점 더 얼굴이 붉어졌다.

"여… 열아홉이에요."

"그럼 자네하고 동갑이 아닌가? 그런데도 누이동생처럼 대하다니 무슨 망발인가?"

"아… 그게……."

면막사는 미소를 지으면서 말하지만 대무영은 땀을 흘리면서 쩔쩔맸다.

대무영은 유조가 자기하고 동갑인지 알면서도 누이동생처럼 대했었다.

그는 자신이 나이에 비해서 많이 어른스럽다고 생각하기 때문에 자연스러운 행동이었다.

그래서 자신보다 세 살이나 많은 북설한테도 여동생처럼 대하는 것이다. 또한 강호에서는 그런 일이 비일비재하다고 생각했다.

그것을 면막사가 지적을 하자 조금 이상하다는 생각이 들었다. 면막사답지 않기 때문이다.

"뭐… 강호에서는 그런 일이 왕왕 있겠지. 그러나 자신하고 인연이 있는 처자에게까지 그러면 안 되네."

말귀가 어두운 대무영이지만 이것까지 모를 리가 없다. 그는 유조를 쳐다보며 의아한 표정을 지었다.

"제가 조야하고 인연이라뇨? 무슨 인연입니까?"

유조는 단박에 더 앞서 짐작을 하고 얼굴을 확 붉혔으나 대무영의 한계는 거기까지다.

"그래, 내게 용건이 있는 것 같은데 뭔가?"

그런데 면막사가 화제를 바꾸었다. 그는 대무영의 용건이 무엇인지 짐작하고 있는 것 같았다.

대무영의 얼굴이 진지해졌다.

"제가 우연히 신기한 광경을 발견했습니다."

이어서 그는 동이검을 우연히 강물 속에 빠뜨렸다가 건지는 과정에서 본 삼족오의 춤, 즉 삼족오무에 대해서 자세히 설명했다.

듣는 동안 너무도 신기한 일에 유조는 크게 놀랐으나 면막사는 짐작하고 있었다는 듯 태연했다.

"또 하나는 무엇인가?"

"여쭤볼 것이 하나 더 있다는 것을 어떻게 아셨습니까?"

대무영은 깜짝 놀랐다.

"허허… 자네 얼굴에 쓰여 있네."

"제 얼굴에……."

대무영은 그 말을 곧이곧대로 믿고 자신의 얼굴을 유조에게 보여주었다.

얼굴에 뭐가 나타났느냐는 물음이다. 그러나 유조가 그걸 알 리가 없다.

"동이검의 삼족오가 무언가를 한 건가?"

"그렇습니다."

면막사가 콕 집어서 넌지시 묻자 대무영은 적잖이 놀라 고개를 크게 끄떡였다.

도무지 면막사는 모르는 게 없었다. 대무영에 대해서 훤하게 알고 있는 것 같았다.

대무영은 동이검에서 삼족오가 발출되어 적을 어떻게 죽이는지에 대해서 자세히 설명했다.

그는 무영단원들에게나 그 누구에게도 이런 얘기를 한 적이 없어서 유조로서는 처음 들었다.

그녀는 조금 전에 강물 속에서 동이검이 보여준 신묘한 광경보다 이번 얘기에 더욱 놀라서 눈을 동그랗게 뜨고 벌린 입을 다물지 못했다.

도대체 어떻게 쇠로 만들어진 검에서 삼족오가 뿜어져서 적들을 종잇장처럼 얇게 썰거나 번갯불처럼 관통할 수 있다는 말인가.

"흠, 자네 시간이 좀 있는가?"

면막사가 진지한 얼굴로 묻자 대무영은 난색을 표했다. 곧 떠나야하기 때문이다.

"곧 가야 합니다. 기다리는 사람들이 있습니다."

면막사는 간단하게 고개를 끄떡였다.
"그럼 가게."
"네?"
"그러나 궁금한 것을 풀고 싶으면 여기에 남아서 나와 함께 연구해 보세."

대무영은 자신이 제기한 두 가지 의문에 대해서 현재로써는 면막사도 모른다고 생각했다.

모르는 것이 당연했다. 그처럼 신기한 현상을 알고 있는 것이 오히려 이상한 일이다.

그러므로 그의 말이 옳다. 그 의문을 풀자면 대무영이 이곳에 남아서 면막사에게 그 광경들을 직접 자세히 보여주어야만 한다.

그래야지만 면막사의 해박한 지식의 창고가 열릴 것이다. 보여주지도 않으면 그가 어찌 알겠는가.

대무영은 잠시 고민에 빠졌다. 이렇게 좋은 기회는 절대로 흔하지 않다. 이제 떠나면 언제 또다시 이곳에 찾아올지 모르는 일이고, 그때까지 면막사가 생존해 있을지도 모르는 일이다.

잠시 후 그는 이곳에 남기로 결정했다. 마학사의 추적에서는 벗어난 것 같으니까 이쯤에서 자신이 빠져도 될 것이라고 생각했다.

"조야, 나는 이곳에 남을 테니 네가 단원들을 이끌고 낙양으로 가라."

"네?"

유조는 설마 대무영이 남겠다고 할 줄은 예상하지 못했기에 깜짝 놀랐다.

"무영가……."

"우리가 계획했던 대로만 하면 될 것이다."

"하지만……."

그런데 면막사가 전혀 뜻밖의 말을 했다.

"무영이 남겠다면 자네도 남게."

유조에게 뜬금없는 주문을 한 것이다.

"소녀가 왜……."

그러나 면막사는 이유에 대해서는 말해주지 않고 입을 다물었다.

대무영과 유조는 잠시 삼족오이선으로 돌아왔다.

북설과 이반, 주고후, 진복은 대무영과 유조가 이곳에 남겠다는 말을 듣고 크게 놀랐다.

"조장, 그 정도로 중요한 일이야?"

중요한 일이 아니라면 어마어마한 금화와 보물, 기진이보를 싣고 가는 배에서 내리려고 하지 않았을 것이지만, 그런데도 북설은 확인을 하고 싶었다.

대무영은 진지한 얼굴로 모두에게 말했다.

"내 일생일대의 중대한 일이다."

"이 배보다?"

말인즉, 이 배에 실려 있는 어마어마한 보물보다 중요한 일이냐는 것이다.

"비교할 수 없을 정도다."

"그렇다면 가야지."

북설은 흔쾌히 고개를 끄떡였고 이반과 주고후도 따라서 동의했다.

"고맙다."

대무영은 진심으로 고마워했다. 모두를 수하가 아닌 동료로 여기기 때문이다.

"자, 이제 우리가 어떻게 하면 될 것인지 지시해줘."

"그보다……."

북설의 말에 대무영은 진복을 쳐다보았다.

"진복."

"말씀하십시오. 주군."

진복은 '주군'이라는 호칭이 입에 밴 모양이다. 그렇지만 대무영이나 무영단원들 아무도 뭐라고 하지 않았다.

"가족이 있나?"

"……."

느닷없는 질문에 평소 표정의 변화가 거의 없는 진복은 움찔 놀랐다. 그는 잠시 복잡한 표정을 짓다가 어렵사리 입술을 뗐다.

"있습니다."

"누가 있느냐?"

무슨 의도가 있는 것인지 대무영의 질문은 한 번으로 끝나지 않았다.

진복의 표정이 더 착잡해졌다. 가족들은 자신이 죽었는지 알고 슬퍼할 것이라고 생각하기 때문이다.

낙수천화에서 수금을 한 돈을 북금창에 운송하는 도중에 책임자인 진복 이하 전 수하가 배와 함께 감쪽같이 실종된 사건이었다.

그것만이라면 진복이 수하들과 함께 수금한 은자 삼천이백만 냥을 횡령했다고 볼 수도 있다.

하지만 그 일 직후에 북금창의 삼백 명 고수가 깡그리 도륙을 당했으며 어마어마한 금화와 보물들이 털리는 일이 벌어졌다. 그 일로 진복과 수하들의 실종 수수께끼가 풀렸을 것이다.

진복과 수하들은 북금창을 그 지경으로 만들 만한 능력이 없기 때문이다.

그래서 북금창을 턴 홍수가 그에 앞서 진복과 수하들을 모두 죽이고 운송선을 탈취했을 것이라고, 누가 보더라도 그렇게 생각했을 것이다.

그러므로 바보가 아닌 이상 진복이나 수하들의 가족에 대한 학대는 없었을 것이다.

진복은 자신이 대무영의 수하가 된 후에 수입이 끊어진 가족들이 어떻게 생활을 할지 줄곧 걱정을 하고 있었다.

"아내와 자식 다섯이 있습니다."

한두 명도 아니고 여섯이나 되는 가족이라서 더욱 걱정이 앞서는 그였다.

북설은 진복의 어깨를 치면서 감탄했다.

"정력 대단한데?"

이반과 주고후도 놀라듯 쳐다보자 진복은 머쓱한 표정을 지었다.

대무영은 가족의 소중함을 누구보다 잘 알고 있다. 진복이 수하, 아니, 가족 같은 동료가 되었기 때문에 그의 가족을 챙기는 것은 당연하다고 생각했다.

"가족은 어디에 있느냐?"

"안휘성 임천(臨泉)이라는 곳입니다."

돌아다니지 않은 곳이 없는 북설이 또 아는 체를 했다.

"가까운 데잖아?"

대무영이 북설을 쳐다보았다.

"임천을 아느냐?"

"말이 안휘성이지 임천은 안휘성 서쪽 끝에 있기 때문에 이곳 번성에서 이백여 리 밖에 안 돼."

대무영은 잘됐다는 표정을 지었다.

"진복, 가서 가족들을 데리고 와라."

"옛?"

대무영이 설마 그렇게 말할 줄은 아무도 예상하지 못했으며 진복은 더욱 그랬다.

"주군……."

"가족과 함께 있으면 네가 안심하고 일을 더 잘할 것 같아서 그러는 것이다."

대무영의 깊은 뜻을 알아차리지 못할 진복이 아니다. 갑자기 그의 눈이 뿌옇게 흐려졌다.

설마 대무영이 이렇게까지 배려할 줄은 몰랐다. 가족을 데려오지 못하더라도 대무영이 신경을 써주는 것만으로도 충분히 만족했다.

"주군, 말씀만 들어도……."

"거역하는 것이냐?"

"아, 아닙니다. 속하가 어찌 감히……."

"그렇다면 배가 출발하는 것을 보고 나서 가도록 해라."

"알겠습니다."

진복은 마지못해서 대답했으나 머지않아서 가족을 만나게 되고 또 앞으로는 가족과 함께 생활할 수 있다는 생각에 가슴이 부풀었다.

그때 주고후가 삐딱하게 앉아 있던 자세를 바로 잡으며 하나뿐인 눈을 껌뻑거렸다.

"단주, 구태여 낙양을 고집할 필요가 있소?"

"무슨 소리냐?"

주고후는 흉측한 얼굴에 구멍만 뻥 뚫린 콧구멍을 손가락으로 후볐다.

"우리에게 돌아가야 할 집이 따로 있는 것도 아니잖소? 그러니 이참에 아예 이곳 번성에 뿌리를 내려도 되지 않겠느냐는 것이오."

대무영과 모두가 잠시 멍한 얼굴로 자신을 쳐다보자 주고후는 흉측한 얼굴을 씰룩거렸다.

"뭐 잘못 말했나?"

북설은 흥분하거나 기분이 좋으면 뾰족한 코를 쫑긋거리는 버릇이 있다.

"조장, 괜찮은 생각인 것 같은데?"

주고후 말이 맞다. 대무영이나 무영단원에게 낙양은 이제 더 이상 연고지가 아니다.

오히려 앞으로 좋지 않은 일이 벌어진다면 그것의 진원지(震源地)가 될 수도 있다.

강호에는 단목검객이 죽은 줄 알려져 있지만, 만에 하나 살아 있다는 사실이 밝혀진다면 모두들 그가 낙양에 있을 것이라고 생각할 터이다.

예전의 그는 일이 끝나면 항상 가족이 기다리고 있는 낙양으로 돌아갔었기 때문이다.

그러나 이제는 가족의 대부분이 죽거나 실종됐으며 남아 있는 사람은 아란과 청향뿐이다.

잠시 생각하던 대무영은 진지한 얼굴로 북설에게 물었다.

"우리에겐 삼족오선이 두 척 있으며 앞으로는 그 배들을 많이 이용할 생각이다. 삼족오일선으로는 황하 쪽을, 삼족오이선으로는 한수와 장강 쪽을 이용한다면, 우리가 자리를 잡을 곳으로 가장 적합한 지역이 어디냐?"

북설은 손으로 이마를 짚고 눈을 깜빡거리며 한동안 생각하더니 고개를 가로저었다.

"모르겠어. 나는 그 정도로 똑똑하지 않다구."

"음, 만당을 불러와라."

결국 대무영은 뱃일로 지리적인 지식이 풍부한 만당에게 물어보기로 했다.

"섭(涉)이라는 곳입니다요."

만당은 과연 경험이 풍부했다. 대무영의 물음에 잠깐 생각에 잠겼다가 대답했다.

"거기라면 소녀가 알아요."

유조는 커다랗고 흑백이 뚜렷한 눈을 깜빡거리면서 생각하며 말했다.

"듣고 보니까 과연 이 사람 말 그대로에요. 섭은 하남성 외방산(外方山) 동쪽에 위치한 제법 큰 마을인데, 마을 북쪽으로는 이수의 상류가 흐르고 있으며, 마을 남쪽에는 절천강(折川江)의 상류가 있어요. 절천강 하류는 호북성에서 한수로 합류되지요."

만당은 벌쭉 웃었다.

"소저께서 잘 아시는군입쇼."

그는 손가락 하나를 세워보였다.

"하나가 더 있습죠. 섭에서 동쪽으로 오 리쯤에는 풍사하(豊沙河)의 상류가 있습니다요. 풍사하는 노산현을 지나서 안휘성 회하(淮河)로 흘러듭니다요."

그는 자신의 분야라고 손짓 발짓 해가면서 신바람이 나서 떠들었다.

"하남성에서 동남쪽으로 흐르고 있는 수백 개의 강이 흘러들어서 이루어진 회하는 안휘성 북부지역 서쪽 끝에서 동쪽

끝으로 흘러 강소성(江蘇省)의 홍택호(洪澤湖)로 흘러듭니다요. 홍택호 동쪽으로 흘러드는 장복하(張福河)는 대운하고 연결이 되어 있으며, 그것을 타면 북으로는 산동성과 북경까지, 남쪽으로는 장강 최하류의 남경과 항주까지 갈 수 있습니다."

만당은 숨도 쉬지 않고 떠들었다.

"가장 중요한 사실은, 이수 상류와 절천강 상류, 그리고 풍사하 상류는 강이 제법 크고 수심이 깊어서 삼족오이선 정도의 큰 배도 충분히 운항할 수 있다는 것입니다."

무영단원들은 생긴 것하고는 달리 청산유수처럼 말을 잘하는 만당을 보며 감탄했다.

대무영은 고개를 끄떡였다.

"아주 좋군. 그곳으로 하자."

"그럼 소인은 그만……."

"만당."

"넵!"

나가려는 만당을 대무영이 불러 세웠다.

"너희들에게 배 두 척을 맡기려고 하는데, 어떠냐?"

"네… 네?"

만당은 갑자기 무슨 영문인지 몰라서 턱 떨어진 표정을 하며 놀랐다.

"너희가 지금까지 몰고 온 크기의 배가 한 척 더 있다. 낙수에 있지. 너희들이 그 배들을 맡아주었으면 한다."

만당의 덥수룩한 수염 속의 입이 벌어졌고 눈은 두꺼비처럼 끔뻑거렸다.

그는 자신이 방금 헛소리를 들었거나 꿈을 꾸고 있는 것이라고 생각했다.

지지리도 복이 없던 그의 현실세계에서는 이런 경사스런 일이 일어날 리가 없기 때문이다.

"녹봉은 아홉 명에게 은자 백 냥을 주고, 만당 너는 이백 냥을 주마."

"어······."

너무 놀란 만당은 이상한 신음 소리를 냈다. 그러나 놀라움은 거기서 끝이 아니다.

"우린 섬에 정착할 예정인데 짐을 부리는 대로 너희는 삼족오이선을 몰고 형하구로 돌아가서 가족을 모두 데리고 와라. 섬에서 우리와 함께 살자꾸나."

무영단원들은 싱글벙글 미소 지으면서 과연 만당이 어떻게 하는지 지켜보았다.

그러나 극도로 경악하고 또 기쁨에 넘친 만당은 누가 보거나 말거나 일그러진 얼굴로 커다란 덩치를 부들부들 떨고 있었다.

그러더니 결국 그 자리에 엎어지며 어린아이처럼 울음을 터뜨리고 말았다.
 "어흐흑……! 감사합니다 주군……! 정말로 성은이 망극합니다! 이제 꿈입니까 현실입니까요? 꺼흐흑!"
 황제가 무슨 소용이랴. 지금 만당에겐 대무영이 황제고 옥황상제다.

第六十一章
발해(渤海)

만당은 섭으로 가는 새로운 방법을 제시했다.
 번성현에서 한수를 백오십여 리쯤 더 거슬러 올라가서 절천강을 따라 곧장 섭까지 가는 방법이다.
 진복은 번성현에서 내려 가족들이 있는 임천으로 향했으며 무영단원들과 만당 등은 삼족오이선을 몰고 한수 상류로 떠났다.
 대무영과 유조는 삼족오이선이 시야에서 사라질 때까지 지켜보고 있다가 면막원으로 향했다.

면막원에 밤이 찾아들었다.

대무영과 유조, 면막사는 실내 탁자에 둘러앉아서 술잔을 기울이며 대화에 열중하고 있는 중이다.

그러더니 대무영은 탁자 옆 넓은 곳으로 가서 수백 번도 더 연습했던 삼족오무를 몇 차례 반복해서 보여주었다.

"어떻습니까?"

그가 자리로 돌아와서 묻자 면막사는 술잔을 만지작거리면서 잠시 생각하다가 말했다.

"내가 보기엔 뭔가 어설픈 것 같네."

"그렇습니까?"

대무영으로서는 예상하지 못했던 말이다. 그는 삼족오무가 너무도 아름답고 또 완벽하다고 생각했었다. 어설프다는 생각은 추호도 하지 않았었다.

그렇지만 면막사의 눈이 틀릴 리가 없다. 그가 어설프다고 하면 그런 것이다.

"자네가 본 삼족오가 붉은색, 그러니까 적삼족오(赤三足烏)라고 그랬지?"

"그렇습니다."

"흠……."

면막사는 얘기를 하다 말고 유조에게 불쑥 물었다.

"자네 이름이 뭔가?"

"네?"

대무영의 얘기와 그가 춘 삼족오무에 흠뻑 빠져 있던 유조는 화들짝 놀랐다.

"유조에요."

"고향은?"

"섬서성 화음현이에요."

"흠! 그렇다면 자넨 유화곤의 딸이겠군."

"아… 맞아요. 유화곤이 소녀의 부친이에요. 부친을 아세요?"

면막사는 온화한 미소를 지었다.

"자세히는 모르네."

"네."

그러나 면막사는 매우 진지한 표정을 지으며 중얼거렸다.

"삼류방파인 오룡방의 방주 유화곤이 설마 음……."

"무슨 말씀인가요?"

"나중에 알게 될 걸세."

면막사는 고개를 가로젓고 나서 유조를 뚫어지게 주시하다가 갑자기 일어나서 옆으로 나오라는 손짓을 했다.

유조는 화들짝 놀라 불에 덴 것처럼 벌떡 일어나 그가 시키는 대로 했다.

이어서 면막사가 자신의 온몸을 머리에서 발끝까지 예리

하고도 세밀하게 살펴보자 유조는 몸 둘 바를 모르고 당황해서 쩔쩔매며 대무영을 쳐다보았다.

대무영은 괜찮다는 듯 빙그레 미소 지었다.

면막사는 주로 유조의 얼굴을 살폈다. 눈과 코, 입, 귀, 머리카락, 윤곽 등을 그녀가 당황해서 어쩔 줄 모르는데도 개의치 않고 꼼꼼하게 들여다보았다.

그러는 동안 면막사의 얼굴에 엷은 흥분의 기색이 떠오르는 것을 대무영은 놓치지 않았다.

하지만 그가 대체 무엇 때문에 그러는 것인지는 짐작조차 하지 못했다.

이윽고 살피기를 마친 면막사는 격앙된 표정을 애써 억제하는 모습이 역력했다.

"됐네."

면막사는 앉으라는 손짓을 하고 나서 말했다.

"할 얘기가 몇 가지 있네."

나란히 앉은 대무영과 유조는 자세를 단정하게 하면서 자못 긴장했다. 분위기도 그렇고 면막사가 중요한 말을 할 것 같아서다.

"유 낭자는 동이검을 직접 본 적이 있는가?"

유조는 큰 눈을 깜빡거리면서 생각하다가 깜짝 놀랐다. 동이검이 검초에 들어 있는 것은 봤으나 뽑힌 것을 본 적은 한 번도 없었기 때문이다.

"아뇨, 보지 못했어요."

"자네 검을 뽑아서 유 낭자에게 보여주게."

대무영이나 유조는 면막사의 의도를 짐작하지 못했다. 그러나 대무영은 즉시 일어나 동이검을 뽑아 유조 앞으로 쭉 뻗어서 내밀었다.

"아……."

엉겁결에 따라서 일어선 유조는 동이검을 보는 순간 검신에 시선을 고정시키며 크게 놀라 눈을 크게 떴다.

"왜 그러는가?"

면막사가 무슨 일인지 짐작하는 듯한 표정으로 묻자, 유조는 검신에서 시선을 떼지 못하고 그곳을 손가락으로 가리키며 탄성을 토해냈다.

"여기 검신에 있는 삼족오가 마치 살아 있는 것 같아요. 너무 아름답군요."

면막사는 과연 자신의 짐작이 맞는다는 듯 빙그레 미소 지었고, 대무영은 깜짝 놀랐다.

"이게… 삼족오가 보인다고?"

"네. 붉은색 까마귀인데 날개를 접고 있어요."

그녀는 대답하고 나서 의아한 표정을 지으며 대무영을 바라보았다.

"무영가는 이렇게 선명한 삼족오 모습이 어째서 보이지 않는다고 생각하는 거죠?"

"어르신."

대무영은 어이가 없고 놀라서 면막사를 쳐다보았다.

면막사는 담담하게 미소 지으며 고개를 끄떡였다.

"과연 내 짐작이 맞았군."

그는 동이검의 검신을 가리켰다.

"내 눈에는 그저 매끄러운 검신만 보일 뿐이네."

유조는 말도 안 된다는 듯 검신을 가리켰다.

"여기에 이토록 선명하게 새겨져 있는 삼족오가 보이지 않는다는 말씀인가요?"

"그렇다네."

"어떻게 그럴 수가 있죠?"

"허허… 그게 신기한 일이지."

유조는 이해할 수 없다는 얼굴로 대무영을 쳐다보았다.

"무영가."

"나도 너만큼 놀라고 있다. 지금까지는 동이검의 삼족오를 본 사람이 아무도 없었으니까."

"네에?"

유조는 어떻게 된 영문인지 몰라서 대무영과 동이검을 번갈아 쳐다보며 놀라는 표정을 지었다.

어쨌든 이 비밀의 열쇠는 면막사가 쥐고 있는 듯했다.

그러나 면막사는 답답한 대무영과 유조의 심정을 모르는지 느긋하게 다른 것을 주문했다.

"자네들은 처음에 어떻게 만났는가?"

대무영은 답답함을 꾹 참으면서 면막사가 원하는 대답을 들려주었다.

그때는 그가 화산에서 세상으로 처음 내려온 시기였기에 어째서 팔 년여 동안이나 산에서 무술 수련을 할 수밖에 없었는지에 대해서도 설명해야만 했다.

그런데 그가 부친에 대해서 설명할 때 면막사는 무거운 신음 소리를 내면서 몹시 격앙된 모습을 보였다. 그러나 대무영의 말을 자르지는 않았다.

그리 길지 않은 이야기를 면막사는 매우 진지하게 듣고 나서 알겠다는 듯 고개를 끄떡였다.

"그랬었군. 자네가 세상에 나와서 처음으로 찾아간 곳이 오룡방이었고 그곳에서 유 낭자를 만났던 게야. 즉, 자네가 세상에 나가서 최초로 만난 사람이 유 낭자였던 게지."

대무영은 머쓱한 표정을 지었다.

"사실은 그전에 여러 사람을 만났었습니다. 조야하고는 그 후에 만났지요."

"유 낭자처럼 큰 사람은 아니었겠지."

"네?"

대무영과 유조는 말뜻을 이해하지 못하고 의아한 표정을 지었다.

"세상을 살아가면서 수많은 사람을 만나는데 그들이 전부 운명적인 중요한 사람은 아닐세."

그 말은 풀이하면 대무영에게 있어서 유조는 운명적인 사람이라는 뜻이다.

반면에 그녀 전에 만났던 아란이나 북설 등은 그렇지 않다는 뜻이기도 하다.

"지금 자네 곁에 있는 사람들은 다 깊은 인연이 있어서 만난 걸세. 그렇지만 유 낭자만큼은 아니지. 유 낭자는 자네 인생에서 가장 중요한 사람 중 한 명일세."

그 말에 대무영과 유조는 서로를 마주 쳐다보았다. 하지만 면막사의 말이 가슴에 와 닿지는 않았다.

면막사는 대무영을 주시하며 말을 이었다.

"자네 관상을 보면 평생 운명적인 사람을 다섯 명 만나는 것으로 나와 있네. 그중에 세 사람을 이미 만났군."

대무영은 면막사가 관상에도 정통하다는 사실을 모르고 있었다.

하지만 박학다식한 그가 관상을 모른다는 사실이 더 이상한 일이다.

"그 세 사람이 누굽니까?"

"유 낭자, 그리고 날세. 그리고 또 한 명은 남자이며 자네 또래인 것 같군."

"주도현."

주지화의 오빠이며 대무영에게 어천을 주고 훌쩍 떠난 생애 최초의 친구. 과연 주도현은 대무영에게 운명적인 사람이라고 할 수 있다.

그러나 대무영은 해란화나 주지화가 운명적인 사람이 아니며, 뜻밖에도 유조가 운명적인 사람이었다는 사실에 적잖이 놀랐다.

그가 새삼스러운 표정으로 유조를 쳐다보자 그녀는 크게 놀라고 또 당황한 표정을 짓고 있었다.

대체 유조가 무엇 때문에 자신의 운명적인 사람인지 도저히 납득하기가 어려웠다.

문득 운명적인 사람에 면막사도 포함되어 있다는 사실에 생각이 미쳐서 그를 바라보았다.

"허허… 내게도 자넨 운명적인 사람일세. 내 인생에서 운명적인 사람은 단 두 명인데 바로 자네들일세."

대무영은 그 이유를 알 것 같았다. 면막사가 그에게 많은 도움을 주었으며 앞으로도 그럴 것이기 때문이다. 그러나 그의 운명적인 사람에 유조까지 끼어 있다는 것은 솔직히 전혀 뜻밖이다.

"우리 세 사람은 하나의 공통점이 있네. 그래서 우리 세 사람은 서로에게 지극히 운명적인 존재인 게야."

대무영과 유조는 똑같이 의아한 표정을 지었다. 여기에 앉아 있는 세 사람이 하나의 공통점을 갖고 있다니, 그야말로 이해가 되지 않는 말이다.

한 사람은 지상최고의 석학이라고 할 수 있는 노학자고, 또 한 사람은 강호를 종횡하는 천둥벌거숭이며, 마지막 한 사람은 정말 별 볼일 없는 평범한 여자다.

이런 세 사람에게 공통점이라는 것이 과연 있기나 한 것인지 의심스러운 일이다.

"어르신, 대체 우리 세 사람의 공통점이 무엇입니까?"

면막사는 이번에는 말을 돌리지 않고 곧장 얘기했다.

"우린 같은 족속(族屬)일세."

대무영은 여전히 이해를 하지 못했다. 이 땅에 살고 있는 사람들은 거의 대부분 중원인, 즉 한족(漢族)이기 때문에 같은 족속이다. 그것은 공통점이라고 할 수가 없다.

그런데 대무영과 유조는 면막사의 얼굴이 더할 수 없이 진지하고 엄숙해지는 것을 보고 자못 긴장했다.

"우린 고구려인(高句麗人)이야."

추호도 예상하지 않았던 말에 대무영과 유조는 멍한 표정을 지었다.

 고구려가 당나라와 신라의 연합군에 의해서 멸망하고, 그 해 혹독하게 추운 엄동설한에 수십만 명의 고구려 포로가 중원으로 끌려왔다.
 절대다수의 포로가 노예가 되었으나 극소수는 중원에서 새로운 신분으로 새 삶을 살았다.
 그들 극소수는 고구려의 왕족과 귀족인 오부족으로 당나라가 하사한 작위(爵位)를 받고 천하 곳곳에 뿔뿔이 흩어져서 살았다.
 처음에는 그들을 철저하게 감시했으나 수백 년의 세월이 흐르면서 몇 차례 천하의 주인이 바뀌는 과정에 감시는 완전히 사라졌다.
 그즈음에는 감시를 하지 않아도 고구려의 왕족과 귀족들은 더 이상 위험한 존재가 되지 못했었다.
 예전에 당나라와 손잡고 고구려와 백제를 멸망시키고 그들의 고향을 통일했던 신라가 마침내 멸망하고 고려(高麗)라는 나라가 개국한 지도 사백여 년이나 흘렀기 때문이다. 말하자면 고구려인들은 나라와 고향을 잃어버린 것이다. 돌아가려야 돌아갈 곳이 없어졌다. 그러므로 중원에서 살아갈 수밖에 없었다.

그렇게 이 땅의 고구려인들은 어느덧 한족에 동화되어 수백 년 동안 터전을 가꿔온 땅에서 살아가야만 했다.

고구려가 멸망하고 삼십여 년이 흘렀을 때, 과거 고구려 장수였던 대중상(大仲象)의 아들 대조영(大祚榮)이 고구려 유민들과 말갈족(靺鞨族) 등을 규합하여 요동에 나라를 건국하니 그것이 바로 진국(震國)이다.
이후 당나라에 의해서 발해(渤海)라고 불리고 또 대조영이 발해군왕(渤海郡王)으로 봉해졌기에 대체적으로 발해라 불리지만 원래는 진국이었다.
이후 세월이 흐르는 동안 발해는 점차 강성해져서 신라와 바다 건너의 왜국(倭國)은 물론 당나라까지도 두려워하는 존재가 되었다.
그러나 이백이십구 년 동안 지금의 북경 동쪽의 최강자로 위세를 떨치던 발해는 홀연히 역사 속으로 사라졌다.
발해의 멸망에 대해서 많은 기록이 있었으나 당나라는 물론이고 이후 중원을 지배했던 제국(諸國)들은 앞다투어 그 기록들을 말살시켰다.
그리고는 부족을 통일한 거란족이 침입하여 발해를 멸망시켰다느니, 발해 내부에서 권력다툼으로 자멸했다는 말도 되지 않는 여러 가지 기록을 새로 적어서 발해를 폄하하는데 주력했다.

그러나 당시의 발해는 동북아 최강의 국가였으므로 일개 부족인 거란에게 멸망당했을 리가 없다.

또한 발해 내부의 왕족과 귀족 체계는 너무도 잘 정돈되어 있어서 내부 분열에 의한 자멸이라는 논리는 말도 되지 않는 억측이었다.

밤이 깊었으나 면막사의 길고도 흥미로운 얘기에 푹 빠진 대무영과 유조는 시간이 가는 줄도 몰랐다.

두 사람은 면막사가 고구려와 발해에 대해서 이야기하는 이유는 자신들과 깊은 연관이 있을 것이라고 믿었다.

"어르신, 그렇다면 발해는 무엇 때문에 멸망했습니까?"

긴 얘기를 끝낸 면막사가 잠시 휴식을 취하려는 듯 컴컴한 정원을 응시하면서 감회에 젖어 있는 것을 기다리지 못한 대무영이 조심스럽게 물었다.

면막사는 정원에서 시선을 거두고 애써 미소를 지었다.

"백두산(白頭山)의 화산 폭발 때문이었네."

"백두산?"

"아……."

대무영은 생소하다는 표정이지만 유조는 적잖이 놀라는 표정을 지었다.

그녀는 오래전에 동쪽 끝 장백산(長白山)의 화산이 대폭발을 일으켰다는 사실을 몇 년 전인가 고서에서 읽은 적이 있었다.

그때 그녀의 나이는 불과 십오 세였는데 부친이 한 권의 고서를 구해서 삼 남매에게 두루 읽어보라고 했었다.

원래 중원에서는 장백산이라 부르지만 고구려의 이름은 백두산이었다. 유조네 삼 남매가 읽었던 고서에는 백두산이라고 기록되어 있었다.

"당시의 백두산 화산 폭발은 역사상 가장 거대한 화산 폭발이었다고 기록되어 있네."

대무영은 믿어지지 않는다는 표정이다.

"도대체 화산 폭발이 얼마나 크기에 한 나라를 멸망시킬 수 있다는 겁니까?"

유조가 끼어들었다.

"백두산 화산 폭발 때 피어오른 화산재가 며칠 뒤에 왜국 북부지역에 수북하게 쌓였대요. 그곳은 백두산에서 팔천여 리나 멀리 떨어졌다고 해요."

면막사가 거들었다.

"발해의 도읍인 상경용천부(上京龍泉府)는 백두산 북동쪽 백여 리에 자리 잡고 있었는데 그때의 화산 폭발로 완전히 매몰됐다고 하더군."

"아……."

대무영은 왠지 모르지만 가슴이 답답해지고 기분이 울적해지는 것을 느꼈다.

"발해는 도합 다섯 개의 행정수도인 오경(五京)을 중심으로 번성했었는데 그때의 화산 폭발로 백두산 근처에 밀집해 있던 오경이 한꺼번에 몰살했다고 하네. 뿐만 아니라 거의 모든 왕족과 귀족, 장군과 군대가 전멸했다네."

백두산 화산대폭발 이후 발해의 유민 수십만 명이 국경을 넘어 고려로 망명을 시작했다. 터전을 잃었기에 새로운 신천지를 찾아서 떠났던 것이다.

백두산 화산대폭발이 있은 지 한 달쯤 후, 발해의 마지막 십사 대 왕인 애왕(哀王) 대인선(大諲譔)과 왕비 연(淵)씨는 어느 날 잠을 자던 중에 똑같이 기이한 꿈을 꾸고 일어나 벽에 걸려 있는 왕가의 보물인 천지검(天地劍)을 꺼냈다.

대인선은 꿈에서 본 발해의 태조 대조영이 시킨 대로 천지검을 뽑아 자신과 왕비 사이에 놓고 두 사람이 동시에 양쪽 칼날에 가운데 손가락을 그어 피를 냈다.

두 사람의 손가락에서 꽤 많은 피가 흘렀으나 모두 천지검에 흡수되었다.

그러더니 곧 천지검에서 두 마리의 핏빛 삼족오가 날아올라 두 사람의 머리 위에서 한 바퀴 돌고는 다시 천지검으로 들어갔다.

천지검 검신 양쪽에는 각 한 마리씩의 삼족오가 선명하게 그려져 있었다.

그러면서 두 사람은 입을 모아 주문을 외웠다. 만약 발해가 멸망하여 자신들에게 변괴가 일어난다면 훗날 자신들의 핏줄이 이 천지검을 물려받아서 발해를 다시 세우게 해달라는 내용의 주문이다.

꿈속에서 대조영은 그 주문이 '천기연(天起緣)'이라고 가르쳐 주었다.

그 일이 있고 나서 며칠 후에 거란의 여러 부족을 통일하고 훗날 요(遼)나라의 태조가 된 야율아보기(耶律阿保機)가 대군을 이끌고 침공하여 백두산 화산대폭발로 초토가 돼버린 발해를 너무도 손쉽게 정복해 버리고 말았다.

이로써 발해는 완전히 멸망했으며, 애왕 대인선과 왕비 연씨 등 측근들은 포로가 되어 거란으로 끌려갔다.

면막사는 긴 한숨을 내쉬고는 말을 이었다.

"젊은 애왕 대인선과 왕비 연씨 사이에는 한 살짜리 외아들이 있었는데, 그 아들이 바로 대연훈(大延勳) 왕자이며, 거란의 침공 당시 대인선 부부의 명령을 받은 발해 최고의 장수

한 명이 왕으로부터 발해왕가의 신물인 천지검을 하사받고 아기를 안은 채 탈출하여 중원으로 향했다네."

이즈음 대무영과 유조는 집히는 바가 있어서 크게 놀라는 얼굴로 탁자에 놓인 동이검을 굽어보고 있었다.

두 사람은 동이검이 바로 애왕 대인선 부부가 남긴 천지검이라고 생각했다. 직감이지만 그렇게 생각할 수밖에 없는 상황이었다.

이윽고 면막사는 동이검을 가리켰다.

"여러 정황으로 미루어 봤을 때 이 검은 그 옛날의 천지검이 틀림없네."

그는 단정적으로 말했다.

"아······."

대무영과 유조는 동시에 탄성을 터뜨렸다.

면막사의 표정이 사뭇 경건해졌다. 그리고 목소리가 가늘게 떨렸다.

"전에 이 검에 어떤 인연이 깃들어 있을 것이라고 자네에게 했던 말을 기억하고 있는가?"

"천기연이라고 말씀하셨습니다."

"어떤 영험(靈驗)이 깃들어 있다고?"

대무영은 이상하게 몸이 뜨거워지면서 가슴이 울렁거리는 것을 느꼈다.

"이 검을 남긴 사람과 혈연관계인 후손의 눈에만 검신의 삼족오가 보인다고 하셨습니다."

"그렇네."

면막사는 대무영과 유조를 번갈아 쳐다보고 나서 다시 동이검에 시선을 주었다.

"그런데 두 사람 눈에는 이 검의 삼족오가 보이지만 내 눈에는 아무것도 보이지 않네."

그의 말인즉, 대무영과 유조가 발해의 마지막 왕 대인선과 왕비 연씨의 후손이라는 뜻이다.

대무영과 유조는 얼굴이 붉어지고 피가 뜨거워져서 어느새 일어나 어쩔 줄을 모르고 허둥거렸다.

면막사도 일어났다. 그는 대무영을 보며 자못 경건하게 옷깃을 여몄다.

"내 눈이 틀림없네. 자넨 그 당시에 발해의 장수가 품에 안고 중원으로 탈출했던 대연훈의 후손일세."

"음……."

대무영의 입에서 짓이기는 듯한 신음이 새어 나왔다.

"자네의 성이 '대(大)' 씨라는 것, 그리고 동이검, 아니, 천지검의 삼족오가 보인다는 것, 그리고 운명적으로 천지검을 손에 넣었다는 사실이 그 증거일세."

정말 그것은 움직일 수 없는 증거다.

면막사는 회상하듯 지그시 눈을 반개했다.

"처음에 자네를 만났을 때 자네의 관상을 보고 신분을 대번에 간파했네. 자네의 관상에는 발해 왕족에게만 나타나는 특징이 여러 개 있네. 그런데 놀랍게도 자네가 천지검을 꺼내서 보여줄 줄이야……."

그 당시 면막사의 놀라움이 얼마나 컸을지 짐작할 수 있을 것 같았다.

"더구나 천지검의 삼족오가 보인다고 하니… 아아! 노부는 그때만 생각하면 지금도 가슴이 벅차네."

면막사의 반백 눈썹이 파르르 떨렸다.

문득 그의 시선이 유조에게 향했다.

유조는 벌벌 떨고 있었다. 과연 면막사의 입에서 무슨 말이 나올지 별별 상상을 다했다.

자신이 발해의 왕족일 수도 있으며, 대인선과 왕비 연씨의 후손일 수도 있다. 그렇다면 대무영과 같은 혈족(血族)이라는 뜻이다.

그리고 면막사의 입에서 운명의 말이 흘러나왔다.

"유 낭자는 왕비 연씨의 친정 쪽, 그러니까 무영 자네에겐 외가(外家)인 연씨 가문의 후손이 분명하네."

"아아……."

유조는 두 다리에 힘이 빠져서 비틀거렸다.

"연씨의 족보를 거슬러 오르면 고구려 최고귀족인 오부(五部) 중에 계루부(桂婁部)에 속하며, 바로 대막리지(大莫離支) 연개소문(淵蓋蘇文)의 적통(嫡統)이라네."

연개소문이라면 너무도 유명해서 중원 사람이라고 해도 그에 대해서는 많이 알고 있다.

특히 유조의 부친 유화곤은 동이족 방면의 고서를 많이 구입해서 삼 남매에게 읽혔었다.

그때는 부친이 왜 그러는지 이해하지 못했었는데 이제는 알 수 있다.

부친은 자신의 뿌리를 알고 있는 것이 분명했다. 그래서 자식들에게 부단히 잃어버린 조국에 대해서 가르치려고 했던 것이다.

"내일 날이 밝는 대로 사람을 보내서 유 낭자의 부친을 이곳으로 모셔올 생각이네. 내 생각에 그분은 모든 것을 알고 있을 것 같군."

"으흐흑!"

갑자기 유조는 두 손으로 얼굴을 감싸 쥐고 흐느끼면서 그 자리에 주저앉았다.

"연씨는 고구려의 황족이었으며 또한 발해의 왕족이었으니 당연히 이 검의 삼족오가 보일 수밖에……."

대무영과 유조는 면막사의 말이 거짓일 것이라고는 추호

도 생각하지 않았다.

대무영은 마침내 그토록 원하던 자신의 뿌리를 찾았다. 그런데 자신이 이미 수백 년 전에 멸망한, 제대로 알지도 못하는 발해라는 나라의 마지막 왕자였다니 뭐라고 표현하기 어려운 복잡한 심정에 사로잡혔다.

"그리고 나는……."

면막사의 목이 잠긴 목소리에 대무영은 움찔했다. 여기에 있는 세 사람은 하나의 공통점이 있다고 했는데 면막사의 신분이 무엇인지 정말 궁금했다.

유조도 울음을 그치고 눈물범벅인 얼굴에서 손을 떼며 면막사를 바라보았다.

면막사는 부옇게 차오른 눈물 너머로 대무영을 바라보며 두 손을 앞으로 모았다.

"소인은 대연훈 왕자를 안고 발해를 탈출했던 장수 도리발(都璃拔)의 후손 도단야(都端倻)입니다."

면막사, 아니, 도단야는 몸을 크게 떨면서 눈물을 흘리며 그 자리에 무릎을 꿇고 대무영에게 큰 절을 올렸다.

"소인 도단야 대무영 왕자님을 뵈옵니다."

"어르신……."

"왕자님, 그렇게 부르시면 안 됩니다. 소인의 이름을 부르십시오."

도단야는 다시 노구를 일으켰다가 이번에는 주저앉아 울고 있는 유조를 향해 예를 갖추어 절을 올렸다.

"소인 도단야 연조(淵照) 왕녀님을 뵈옵니다."

"아아······."

유조, 아니, 연조는 비 오듯이 눈물을 흘리면서 몸을 사시나무 떨듯이 떨 뿐 아무 말도 하지 못했다.

도단야는 부복한 채 고개를 드는데 붉게 충혈된 눈에서 눈물이 걷잡을 수 없이 흘러내렸다.

"두 분, 좌정하십시오."

이런 중요한 시기에 무식한 대무영이 초를 친다.

"좌··· 정이 뭡니까?"

유조가 비틀거리며 일어나서 대무영의 팔을 잡아 의자에 앉히고 자신은 그 옆에 앉았다. 대무영은 그제야 좌정이 앉으라는 뜻이라는 것을 알았다.

척—

그때 문이 열리고 사람들이 들어섰다. 한 줄로 열을 지어서 들어오는데 발걸음 소리는커녕 숨소리도 나지 않았다. 또한 그들은 모두 두 손을 앞에 모아서 맞잡고 고개를 숙인 채 앞사람의 등만 바라보며 걸어 들어왔다.

잠시 후에 도단야의 뒤쪽에는 삼십여 명이 여러 줄을 이루어서 정렬했다.

그들은 남녀노소가 두루 섞였으며 젊은 사람이 많았고 모두 깨끗한 백의를 입었다.

도단야가 무릎을 꿇은 채 뒤를 가리켰다.

"소인의 가솔(家率)입니다."

그 말이 신호인 듯 늘어선 삼십여 명이 일제히 대무영과 연조를 향해 공손히 큰절을 올리며 조용한 목소리로 입을 모았다.

"소인들이 두 분 왕자님과 왕녀님을 뵙습니다."

대무영과 연조는 적잖이 당황하여 자신들도 모르게 일어나서 허둥거렸다.

"어르신, 저들은……."

도단야는 고개를 들고 그를 우러렀다.

"이들은 이 장원에 거주하고 있는 소인의 직계가솔입니다. 외부에는 더 많은 친족이 있습니다."

그 말을 듣고 대무영은 문득 자신이 혼자가 아니라는 느낌이 강하게 들었다.

이들이 도단야의 직계가솔이라면 모두 고구려인이고 발해의 후예이며 대무영과 같은 족속인 것이다.

"외부에는 얼마나 더 있습니까?"

"소인의 도씨 혈족만 오백여 명입니다."

대단한 숫자다. 그런데 대무영은 '도씨 혈족만'이라는 말에 유의했다.

"그럼… 다른 혈족도 있습니까?"

"그렇습니다. 지금까지 사백여 년 간 중원에서 살아오면서 소인은 많은 고구려 후손을 만났습니다. 현재 소인과 연락이 닿는 고구려 후손은 모두 만 명쯤 됩니다."

"만 명……."

엄청난 수다. 중원에 그렇게 많은 고구려인이 살고 있을 줄은 상상조차 해본 적이 없었다.

발해는 고구려 유민이 건국한 나라니까 발해 유민들도 고구려인이 당연하다.

지금까지 대무영은 고구려라는 것에 대해서는 관심을 가져본 적도 없었다. 그게 무엇인지도 몰랐었다.

"그들은 모두 무엇을 하고 있습니까?"

"천하 곳곳에서 각자 자신들의 일을 하고 있습니다. 농군도 있고, 어부나 상인도 있으며, 학자와 무사 등 각계각층에서 묵묵히 살고 있습니다."

"그렇군요."

고구려가 멸망한지 칠백여 년. 발해가 멸망한 지는 사백여 년이나 세월이 흘렀다.

조국으로 돌아가지 못한 고구려와 발해의 유민들은 중원에서 그 오랜 세월 동안 살아오면서 거의 한족이 다 되었을 것이다.

고구려인이라는 신분을 감춰야지만 중원에서 살아나갈 수 있을 테고, 그토록 오랜 세월 이 땅에서 살아오다 보면 완전히 여기 사람으로 동화되었을 터이다.

대무영은 그들이 별 탈 없이 잘 살고 있다는 말에 왠지 마음이 편안해졌다.

그들이 혹독하고 형편없는 삶을 살고 있다는 말을 들으면 견딜 수 없을 것 같았다.

"다행이군요."

도단야는 뭔가 할 말이 있는 듯했으나 잠시 미루기로 했다. 지금은 그럴 때가 아니기 때문이다. 모든 일에는 순서가 있게 마련이다.

第六十三章
향격리랍(香格里拉)

자정이 넘자 도단야는 대무영과 연조가 피곤할까 봐 잠자리에 들 것을 권했다.
그러나 대무영과 연조가 이런 중차대한 상황에 잠이 올 리가 만무하다.
또한 도단야도 할 얘기가 많은 것 같아서 결국 자리를 옮겨서 술과 요리를 새로 내왔다.

"왕자님께서 왕녀님을 만나신 것은 결코 우연한 일이 아니었습니다. 선조께서 두 분을 이끄신 것이지요."

도단야는 대무영과 연조의 첫 만남이 새삼 신비롭다는 듯 말했다.

그러고 보니까 대무영은 연조와의 첫 만남에서 그녀의 목숨을 구해주었었다.

만약 그러지 않았다면 연조는 그때 죽었을 테고 이런 자리는 마련되지 못했을 것이다.

"왕자님."

도단야가 공손히 허리를 굽히며 입을 열었다.

대무영과 연조는 탁자에 나란히 앉아 있으며, 도단야는 탁자 맞은편에 두 손을 앞에 모으고 시립하는 자세로 섰다. 대무영은 이런 상황이 영 거북했다.

도단야는 도단야이기 전에 면막사로서 대무영이 가장 존경하는 인물이었다.

그런데 대무영과 연조의 신분이 바뀌었다고 해서 이렇게까지 하는 것은 도단야에 대한 예의가 아닌 것 같았다.

"말씀하시기 전에 바로 잡아야 할 것이 있습니다."

"무엇입니까?"

"제 신분이 발해 왕손이라고 해도 발해는 이미 멸망하지 않았습니까? 그러니까 저를 왕자라고 칭하는 것은 그만두십시오. 부탁입니다."

어떤 점에서는 그의 주장이 옳기도 하다. 멸망한 지 사백 년이 훨씬 넘는 발해의 왕자라는 신분 같은 것은 발해의 멸망과 함께 역사 속에 묻혀 버렸다.

중원 한가운데에서 치열하게 살아가고 있는 대무영에게 있어서 발해 왕자라는 신분은 그저 잃어버렸던 뿌리를 찾은 것에 불과하다.

"그렇지 않습니다."

그런데 도단야는 고개를 세차게 저으면서 강하게 부인하는 것이 아닌가.

"왕자님께선 애왕과 왕비께서 스스로 천지검에 손가락을 베어 피를 흘리면서 무엇을 기원하셨는지 잊으셨습니까?"

애왕 대인선과 왕비 연씨는 만약 자신들에게 변고가 생겨서 발해가 멸망한다면 후손이 발해를 다시 부흥시켜 주기를 원했었다.

그것을 대무영이 잊었을 리가 없다. 하지만 그것은 자신의 일이라기보다는 그저 선조의 막연한 기원 같은 것으로만 여겨졌다.

사백여 년이나 훨씬 지난 지금의 후손이, 그것도 조금 전에 그 사실을 알게 된 대무영으로서 그것에 무슨 간절한 사명감 같은 것이 있겠는가.

그에게는 단지 지금까지 모르고 있었던 뿌리를 찾았다는 의미 정도가 전부다.

"그건 알고 있지만……."

"그렇다면 선대의 유언을 지키셔야 합니다."

"내가… 말입니까?"

대무영은 물론 연조까지 크게 놀랐다. 설마 도단야가 그렇게 말할 줄은 전혀 예상하지 못했었다.

선대의 유언이란 무엇인가. 멸망한 발해를 다시 일으켜 세우는 것이 아닌가. 대무영으로서는 얼토당토않은 요구다.

"무조건 지켜야 하는 것입니까?"

대무영이 항변하자 도단야는 약간 침중한 표정을 지었다.

"아닙니다. 왕자님께서 선택하시는 것입니다. 소인이 왕자님을 억압할 수는 없습니다."

그렇다면 길게 생각해 볼 것도 없다. 대무영은 현재 자신이 처해 있는 상황만으로도 벅찬데 발해 왕자로서 사백여 년 전에 멸망한 발해를 다시 일으켜 세우는 것에는 추호도 관심이 없다.

"그렇다면 저는……."

"그전에 드릴 말씀이 있습니다."

도단야는 대무영이 무슨 말을 하려는 것인지 이미 짐작한 것 같았다. 그래서 그가 말을 하기 전에 하나의 진실을 말해 주고 싶었다.

사백여 년 전, 발해의 가장 용맹한 장수 도리발은 왕과 왕비의 명령을 받고 어린 왕자 대연훈을 품에 안고 머나먼 중원으로 탈출을 시도했었다.

그렇지만 그 길은 결코 순탄하지 않았다. 거란의 추격대가 바짝 뒤쫓았기 때문이다.

도리발은 천신만고 끝에 중원, 그 당시 당나라로 숨어드는 데 성공했다.

그러나 추격대는 결코 포기하지 않았다. 거란 족장 야율아보기는 자신의 셋째 아들 적가라한(寂駕羅韓)에게 대연훈을 잡아서 죽이기 전에는 절대 돌아오지 말라고 엄명을 내렸기 때문이다.

그 당시에 발해는 당나라의 눈엣가시 같은 존재였으므로 당의 황실은 적가라한에게 전폭적인 지원을 아끼지 않았으며 당나라에서도 군사를 풀어 도리발을 뒤쫓았다.

십여 년에 걸친 쫓고 쫓기는 추격전이 끈질기게 이어졌으며 그 과정 중에 끝내 도리발은 열한 살이 된 대연훈 왕자하고 헤어지게 되었다.

불행인지 다행인지 헤어질 당시에 천지검은 대연훈 왕자가 지니고 있었다.

그때의 그 헤어짐이 이후 장장 사백여 년 동안 이어질 줄은 도리발도 대연훈 왕자도 짐작조차 하지 못했었다.

그때부터 도리발은 추격대를 피해서 숨어 다니면서 대연훈 왕자를 찾아 헤매었다.

대연훈 왕자가 죽지 않았다고 확신하는 것은 추격대가 여전히 중원에서 활보하고 있었기 때문이다.

만약 대연훈 왕자가 죽었다면 추격대는 거란으로 철수했을 것이다.

그렇게 도도한 강물처럼 세월이 흘렀다. 도리발은 대연훈 왕자와 헤어진 지 삼십여 년 후에 자식들이 지켜보는 가운데 애타게 대연훈 왕자를 그리워하면서 세상을 떠났으며, 그의 후손들이 대연훈 왕자의 후예를 찾아 천하를 헤매는 일은 여전히 이어졌다.

이후 세월이 흘러서 중원에는 송(宋)나라가 들어섰고, 신라가 멸망하고 고려가 세워졌으며, 거란은 옛 고구려와 발해의 영토와 송나라 북쪽지역을 거의 대부분 지배하는 대국 요나라가 되었다.

"그렇게 사백여 년이 흘렀습니다. 도리발의 십오 대(代) 후손인 소인은 선조의 유지를 받들어 천하 곳곳에 사람들을 보내서 대연훈 왕자의 후손과 천지검의 행방을 찾아 헤맸으나 지금까지 아무런 소득이 없었습니다."

도단야는 절박한 심정이지만 얼굴에 드러내지 않았다.

"왕자님, 사백여 년 전에 도리발과 대연훈 왕자를 추격했던 거란 야율아보기의 셋째 아들 적가라한이 아직도 추격을 포기하지 않았다면 믿으시겠습니까?"

"……."

대무영과 연조는 움찔 몸을 떨며 크게 놀랐다.

"설마… 적가라한이 아직도 살아 있다는 말입니까?"

"그럴 리가 있겠습니까? 적가라한의 후손들이 현재에도 중원에 남아서 대연훈 왕자의 후손을 혈안이 되어서 찾고 있습니다."

"음……."

대무영의 입에서 자신도 모르게 무거운 신음이 흘러나왔다.

놀라움을 넘어서 온몸에 소름이 쫙 끼쳤다. 말이 사백여 년이지 그 긴 세월 동안 추격을 계속하고 있었다니 공포가 밀려든 것이다.

"현재 적가라한의 후손은 적사파울(寂沙把弖)이며 대단한 세력을 보유하고 있습니다."

대무영은 할 말을 잃었으며 마음이 매우 무거워졌다. 적사파울이 자신을 찾고 있다는 사실도 모르면서 동이검, 아니, 천지검을 휘두르면서 강호를 종횡했다는 사실 때문에 오싹함을 느꼈다.

만약 천지검이 적사파울의 이목에 걸려들었다면 어찌 되었을지 짐작조차 할 수가 없다.

연조는 믿을 수 없다는 듯한 얼굴로 중얼거렸다.

"거란의 요나라가 멸망한 지 이백여 년이 넘었는데 아직도 추적을 계속하고 있다니… 정말 무시무시하군요."

"그뿐만이 아닙니다."

도단야의 얼굴이 어두워지자 대무영과 연조는 불길한 기분에 사로잡혔다.

"적가라한은 죽으면서 자식들에게 유언을 남겼다고 합니다. 대연훈 왕자를 찾아내는 것 외에 고구려와 발해 유민의 후손들을 색출하여 닥치는 대로 죽이라고 말입니다."

그 말을 들으면서 대무영은 저도 모르게 움켜쥔 두 주먹에 잔뜩 힘이 들어갔다.

"음! 쳐 죽일 놈……!"

"대연훈 왕자와 도리발을 찾아서 죽이지 못한 것에 대한 보복인 것 같습니다."

대무영은 중원에 있는 고구려인들이 자신 때문에 죽음을 당해왔다는 사실에 깊은 죄책감이 들었다.

"그래서 고구려인이 많이 죽었습니까?"

"글쎄요……."

도단야는 고개를 모로 꼬고 착잡한 표정을 지었다.

"적가라한이 남긴 유언을 지키려고 그의 후손은 전적으로 대연훈 왕자와 도리발, 그리고 고구려 유민만을 색출해서 잡아 죽이는 조직을 만들었습니다."

적가라한의 후손들이 조직까지 만들 정도로 치밀하고도 악랄할 것이라고는 상상하지 못했었다.

"그 조직의 명칭은 척동대(刺東隊)라고 합니다. 이름 그대로 동이족을 죽이는 조직이라는 뜻입니다."

"으음……."

대무영의 신음이 더 깊어졌다. 그는 분노 때문에 뼈까지 저리는 것을 느꼈다.

"소인의 선조들은 척동대에 대항하기 위한 자구책으로 조직을 만들었으며, 순수 고구려인으로 이루어진 조직의 명칭은 대동부(大東府)입니다. 큰 동이족이라는 뜻이지요."

세 사람은 마음이 너무 초조하고 긴박해서 탁자의 술과 요리에 아무도 손을 대지 않았다.

"그러나 고구려인들은 한족의 핍박을 피해서 근근이 살아가고 있는 형편이라서 대동부에는 관심조차 없었습니다. 몇몇 뜻있는 고구려인과 소인의 가족들이 주체가 되어 꾸려왔는데 지금까지도 인원이 백 명 남짓입니다."

도단야는 고개를 절레절레 가로저었다.

"그러나 현재의 척동대는 수천 명에 이르며, 무술도 뛰어

날 뿐만 아니라 물자가 풍족하여 오로지 본분에만 충실하고 있습니다."

척동대의 본분이란 대연훈 왕자와 도리발의 후손, 그리고 고구려인들을 찾아서 죽이는 것이다.

"선조들의 기록에 의하면 척동대에 의해서 매년 천여 명 정도의 고구려인이 죽음을 당했다고 합니다."

매년 천 명씩 사백 년이면 그것만으로도 사십만 명이다. 그것은 학살이나 다름이 없는 짓이다.

대무영과 연조는 가슴이 부들부들 떨리고 뼛속까지 아픔이 새겨드는 것을 느꼈으나 뭐라고 할 말이 없었다. 자신들이 너무도 무력하게 여겨졌다.

잠시 침묵이 흘렀다. 대무영과 연조는 뭐라고 할 말이 없는 것이며, 도단야는 두 사람을 너무 가혹하게 몰아붙이는 것 같아서 할 말을 늦추었다.

대무영은 조금 전에 발해 왕자로서 나라를 다시 세우거나 고구려인들을 돌보는 일에는 조금도 관심이 없었다.

그러나 지금은 마음이 크게 움직였다. 도단야의 설명을 듣는 동안 그의 심장은 뜨거워졌고 온몸의 피가 들끓었다. 아마도 그것은 그 자신의 몸속에 뜨거운 고구려인의 피가 흐르고 있기 때문일 것이다.

"음… 척동대가 아직도 활동을 하고 있습니까?"

"물론입니다. 현재는 그 어느 때보다도 세력이 강성해졌으며 그렇기 때문에 더욱 많은 고구려인을 색출해서 죽이고 있는 실정입니다."

대무영이나 연조는 척동대라는 이름을 처음 들어보았다. 아마도 척동대와 그들의 활동이 강호하고는 상관이 없기 때문일 것이다.

그런데 도단야가 실로 경천동지할 말을 꺼냈다.

"왕자님과 왕녀님께선 혹시 강호에서 마학사라는 별호를 들어보셨습니까?"

두 사람은 흠칫했다. 대무영의 철천지원수 마학사를 모를 리가 없다.

"그렇습니다. 설마……."

대무영은 마치 시뻘겋게 달군 인두로 심장을 지지는 것 같은 섬뜩한 불길함을 느끼고 몸이 오그라들었다.

"마학사라는 자가 적가라한의 후손인 적사파울입니다."

"뭐요?"

우당탕!

대무영과 연조는 벼락을 맞은 것처럼 크게 놀라서 의자를 넘어뜨리면서 벌떡 일어섰다.

운명도 이런 운명은 없을 터이다. 실로 처절한 운명이다.

대무영과 연조는 밤새 잠들지 못하고 뒤척였다.

하루 만에, 아니, 불과 몇 시진 만에 완전히 뒤바뀌어 버린 자신들의 신분과 삶 자체에 대해서 생각하느라 머리가 터질 것만 같았다.

대무영은 자신의 인생이 반반씩 나누어진 것 같다는 생각이 들었다.

무영단주로서 북설을 비롯한 무영단원들과 강호를 종횡하던 신분이 반쪽이고, 이곳에서 새로 얻은 발해 왕자로서의 신분이 반반씩 자신의 몸과 마음에 깃들어 있는 것 같았다.

도단야는 대무영과 연조를 나란히 붙은 두 개의 방에 안내하면서 조심스럽게 말했었다.

"잘 생각해 보시기 바랍니다."

그러나 사실 대무영은 도단야가 그런 말을 하기도 전에 이미 결정을 내렸었다.

모든 고구려인의 원수가 마학사, 아니, 적사파울이며, 대무영 자신의 원수도 그자이기 때문에 '마학사'라는 이름을 듣는 순간 자신에게 주어진 이 새로운 운명을 받아들이기로 마음을 굳혔었다.

똑똑똑······.

대무영이 침상에서 이런 생각 저런 생각을 하면서 뒤척이고 있을 때 누군가 조심스럽게 문을 두드렸다.

생각해 볼 것도 없이 연조였다. 그녀의 익숙한 숨소리가 감지되었고, 지금 이 상황에서 문을 두드릴 사람은 그녀밖에 없었다.

연조는 문을 열고는 감히 들어서지 못하고 얼굴만 살짝 안으로 디밀어 침상 쪽을 바라보다가 대무영이 일어나 앉아 있는 것을 보고는 주저주저 다가왔다.

"잠이 오지 않아요."

두 사람은 침상에 앉아서 이런저런 얘기를 두런두런 나누다가 동이 터오기 직전에야 깜짝 잠이 들었다.

연조는 여러 가지 복잡한 심사 때문에 혼자 있기 싫다면서 대무영이 자는 침상 구석에 쪼그리고 잠이 들었다.

"허억!"

대무영은 꿈속에서 마학사, 아니, 적사파울에게 붙잡혀서 사지가 잘라지고 마지막으로 목이 잘리는 순간 놀라서 벌떡 일어났다.

"헉헉헉……."

현실처럼 너무도 생생했었다. 그러나 두려움보다는 분노가 훨씬 더 컸었다.

철천지원수 적사파울을 죽이지 못하고 오히려 그놈에게 잡혀서 사지가 잘리고 결국에는 목이 잘린다는 사실에 치가 떨렸었다.

꿈에서 깨어난 그의 온몸은 땀으로 흠뻑 젖었다. 그리고 옆에서 연조가 일어나 앉아 그를 바라보고 있었다.

그녀는 먼저 깨어나서 대무영을 지켜보고 있다가 그가 비명을 지르며 깨어나자 덩달아 놀랐다.

"악몽을 꾸셨어요?"

"하아… 그렇구나."

꿈이어서 정말 다행한 일이다. 현실이었다면 그는 죽어서도 눈을 감지 못하고, 영혼은 저승으로 가지 못한 채 구천을 떠돌게 될 터이다.

"뭘 하고 있었느냐?"

정신을 수습하고 나자 연조가 자지 않고 있었다는 사실이 생각났다.

연조는 살짝 얼굴을 붉혔다.

"무영가를 보고 있었어요."

"나를? 왜?"

"우리의 선조가 사백여 년 전에 저 먼 동쪽의 발해라는 나라에서 왕족이었다는 사실이 너무나 신기해서요."

"너는 고구려 왕족인 계루부의 후손이라고 하지 않느냐? 그런데 연개소문이라는 분이 어떤 분이시냐?"

대무영은 지난밤에 도단야에게 들은 연개소문이라는 인물

에 대해서 내내 궁금하게 여기고 있었다.

연조는 어린 시절에 부친 덕분에 익히 알고 있었던 연개소문과 그의 가문인 계루부, 그리고 내친 김에 고구려에 대해서 자세히 설명해 주었다.

대무영은 꼼짝도 하지 않고 귀를 기울여 진지하게 들으면서 궁금한 것들은 그때마다 질문을 했다.

도단야는 몹시 초조한 표정으로 대무영을 바라보았다.

원래 도단야는 세속을 초탈한 듯 선풍도골의 풍모였는데 하룻밤 사이에 몇 십 년은 더 늙어버린 것 같았다.

지난밤의 격렬했던 흥분과 대무영이 고구려인들을 외면해 버리면 어떻게 하느냐는 걱정 때문인 듯했다.

"어르신 말씀에 따르겠습니다."

대무영이 거두절미하고 단정한 자세와 목소리로 말하자 도단야의 몸이 크게 휘청거렸다. 그는 가까스로 탁자를 붙잡고 쓰러지는 것을 모면했다.

"오오… 정말 고맙습니다. 왕자님… 이는 온 고구려인의 홍복입니다."

어젯밤에 같은 침상에서 잤었고 또 이른 아침부터 많은 대화를 나누었던 연조도 대무영의 결정을 전혀 모르고 있다가 크게 기뻐했다.

"제가 할 일을 가르쳐 주십시오."

대무영이 마음이 급해서 말하자 도단야는 황망한 표정을 지었다.

"왕자님께서 제일 먼저 하실 일은 소인을 신하처럼 대하시는 것입니다. 지금 같은 말투는 감당하기 어렵습니다."

"저도 왕자라는 호칭이 거북하군요. 사람이 많은 곳에서도 저를 그렇게 부르시렵니까?"

"그건 그렇군요."

도단야는 잠시 생각하다가 의견을 내놓았다.

"소인은 왕자님을 대군(大君)이라고, 왕녀님을 대소저라 부르겠습니다."

대무영은 마음에 든 듯 고개를 끄떡였다.

"그렇다면 나도 말을 놓겠네."

도단야가 환하게 미소 지었다.

"부디 그러십시오."

그는 잠시 숨을 고른 후 말했다.

"대군께서 제일 먼저 하실 일은 삼족오무를 정립하시는 것입니다."

"정립?"

연조가 옆에서 속삭였다.

"삼족오무를 무영가의 것으로 만드는 거예요."

"그렇습니다. 대군께서 우선 힘을 기르셔야 적사파울을 상대하고 또 고구려인들을 이끄실 수가 있습니다. 다른 많은 일은 그 다음입니다."

대무영은 도단야의 말에 전적으로 공감했다.

"그럼 어서 시작합세."

한층 여유가 생긴 도단야는 빙그레 미소를 지었다.

"밤이 될 때까지 기다리셔야 합니다. 참으로 다행한 것은 오늘밤은 보름달이 뜰 것이라는 사실입니다."

"보름달이 뜬다?"

대무영과 연조는 어리둥절한 표정을 지었다.

지금은 아침이기 때문에 밤이 되려면 아직 많은 시간을 기다려야 한다.

도단야는 아침 식사 후에 제일 먼저 가족들을 한 명씩 소개해주었다.

그는 세 명의 아들과 두 명의 딸을 두었으며 모두 혼인을 하여 가정을 이루었고 이곳에서 함께 살고 있다.

특기할 점은 그의 자식 오 남매와 며느리, 사위들 열 명이 모두 대동부의 일원이라는 사실이다.

사십이 세의 장남 도고(都高)가 대동부의 부주이고, 삼십팔 세의 차남 도구(都句)가 총당주, 그리고 그 아래 동생들이 각

부서의 우두머리를 맡고 있었다.

대동부는 활성화되지 못하여 도단야의 직계가족 중심으로 이루어지고 있었다.

또한 선조들로부터 고구려나 발해의 무예를 전수받지 못했기 때문에 중원의 무술을 배웠다.

그나마 도단야가 무당파와 친분이 깊은 덕분에 특별히 자식들을 무당파에 보내서 십여 년 동안 도가무술을 배우게 했다는 것이다.

오 남매는 모두 무당파의 속가 일대제자로서 만만치 않은 실력을 지니고 있다.

"그런가?"

대무영은 나란히 늘어선 오 남매와 배우자들 열 명을 찬찬히 살펴보며 흐뭇한 미소를 지었다.

자신이 무당 장문인 무학자의 제자인데, 이들이 일대제자라면 장문인이나 장로의 제자일 테니 그와 항렬이 같은 사형제지간이기 때문이다.

오 남매는 어젯밤에야 처음으로 대무영을 가까이에서 직접 볼 기회가 있었다.

장장 사백여 년 동안 기다려온 대연훈 왕자의 후예를 직접 알현했기 때문에 그들은 물러나서 서로 얼싸안고 한참이나 기쁨의 눈물을 흘렸었다.

그리고 부친 도단야로부터 대무영이 유명한 단목검객이며 얼마 전까지 쟁천십이류의 군주였다는 사실을 알게 되고 해연히 놀랐었다.

 오 남매는 부친의 엄명으로 쟁천십이류가 되는 것이 금지되어 있다. 하지만 대충 자신이 어느 정도 실력인지는 비교할 수 있었다.

 장남이며 대동부주인 도고와 차남 도구는 쟁천십이류 열 번째 등급인 패령 정도의 수준이고, 나머지 세 사람은 한 단계 아래인 공부 정도라고 한다.

 "자네들이 무당제자라니 반갑군."

 대무영이 난데없는 말을 하자 오 남매는 어리둥절한 표정을 지으며 조심스럽게 그의 표정을 살폈다. 왕자이니 감히 함부로 물어볼 수도 없다.

 대무영이 빙그레 미소 짓는다.

 "나는 무당 장문인 무학자의 속가제자일세. 그러니까 나하고 자네들은 사형지간이 아니겠나?"

 "아……."

 오 남매는 물론 도단야도 크게 놀라 새삼스러운 시선으로 대무영을 쳐다보았다.

 "그렇지 않아도 현우 대사형이 보고 싶었는데 자네들을 만나니 그분을 만난 듯하네."

무당파의 일대제자인 오 남매가 무학자의 대제자인 현우를 모를 리가 없다.

대무영이 현우의 얘기를 꺼내자 모두들 너그럽고 착한 현우를 떠올리며 마음이 누그러졌다.

대무영이 굳이 자신이 무학자의 제자라는 것과 현우의 얘기를 꺼낸 이유는 오 남매와 친해지고 싶어서였다. 과연 그의 의도는 적중했다.

"도 노사(都老師). 모두 함께 둘러앉을 수 있는 큰 탁자가 없겠소?"

대무영은 도단야를 도 노사라고 부르기로 했다. 그의 말에 도단야와 오 남매는 깜짝 놀랐다. 대무영의 의도를 짐작했기 때문이다.

그러나 자고로 왕자와 신하가 동석을 한다는 것은 결코 있을 수 없는 일이다.

대무영은 자신이 아직 어리고 또한 정식으로 일국의 왕자도 아닌데 이들에게 지나칠 정도로 떠받침을 받는 것이 거북하다는 생각이 들었다. 그래서 우선 그것부터 타파하기로 마음먹었다.

"조야, 네가 설명해야겠다."

대무영의 주문에 연조는 방그레 미소를 지으며 모두에게 그의 평소 지론을 말해주었다.

"먹고 마실 때에는 즐겁고 격의가 없어야 한다는 것이 대군의 평소 지론이에요."

도단야는 어쩌면 지금은 그것이 필요할지도 모른다고 생각했다.

대무영과 연조, 도단야, 그리고 오 남매와 배우자들이 빙 둘러앉은 길쭉한 탁자는 평소 회의를 할 때 사용하던 것이라고 한다.

점심 식사를 겸해 가볍게 술을 마시면서 대화를 나누는 동안 많은 내용의 이야기가 나왔다.

전부 고구려 유민에 대한 것이거나 적사파울의 척동대에 대한 내용 일색이었다.

그런데 많은 내용 중에서 유독 대무영의 관심을 끄는 것이 한 가지 있었다.

그것은 도단야와 그의 일족(一族) 전체의 간절한 희원(希願)이었다.

고구려인의 땅, 즉 영토에서 고구려인끼리 살아가는 것. 바로 그것이었다.

오랜 세월 동안 도씨 가문의 사람들은 그것에 대해서 줄곧 이야기를 해오면서 계획을 세웠으며 어느 부분은 실행에 옮기기도 했다. 그래서 지금은 웬만큼 구체적인 가닥이 잡혀 있는 상태였다.

"이 년 전에 소인과 아우가 그곳에 다녀왔습니다."

고구려인만의 영토에서 고구려인끼리 살아가는 것이 대화로만 끝나는 것인 줄 알았는데 장남 도고가 조심스럽게 말문을 꺼냈다.

"어딜 말인가?"

"미래의 발해 땅에 다녀왔습니다."

"오……."

대무영의 입에서 자신도 모르게 저절로 나지막한 탄성이 흘러나왔다.

왠지 모르게 막연하기만 했던 꿈이 현실로 슬그머니 걸어나오는 것 같은 기분이 들었다.

"그곳이 어딘가?"

"중원인가요?"

대무영 만이 아니라 연조까지도 적잖이 흥분하여 상체를 앞으로 기울이며 물었다.

그런 모습을 보고 도단야가 흐뭇한 미소를 지으며 도고에게 일렀다.

"고야, 대군과 대소저께 자세히 말씀드려라."

"네, 아버님."

도고는 자신과 아우가 오랜 세월에 걸쳐서 조사와 답사를 거듭한 끝에 마침내 찾아낸 미래의 발해 땅에 대해서 설명하게 된 것이 자랑스럽다는 표정을 지었다.
"결론부터 말씀드리자면 그곳은 주인 없는 땅입니다."
주인 없는 땅에 새로운 고구려가 세워진다는 사실에 대무영과 연조는 흥분이 고조되었으나 억제하며 도고의 다음 말을 기다렸다.
"운남성 최북단과 서강(西康)의 최남단이 맞닿는 지역이며, 토번(吐藩:티벳)의 동남쪽에 있습니다. 소인들은 그곳에 향격리랍(香格里拉)이라는 이름을 지었습니다."
지리에 대해서는 거의 모르는 대무영은 그곳이 어디인지 가늠조차 하지 못했다.
그러나 천하의 대략적인 지리를 파악하고 있는 연조는 조금 실망한 표정을 지었다.
"거긴 변방의 오지로써 굉장히 높고 척박한 산악지대라서 사람이 살지 못하는 곳 아닌가요?"
"모두들 그렇게 생각하고 있습니다. 그리고 실제 중원의 서쪽이라고 하면 모두 변방의 오지로 사람이 살지 못한다고 여기고 있습니다. 대소저."
차남 도구는 말하고 싶어서 입이 근질거리는 모양이지만 형님이 말하는 중이라서 잠자코 있었다. 형제지간에도 위계질서가 엄격한 것 같았다.

"그렇기 때문에 그곳에 발해가 세워질 것이라고는 아무도 상상조차 하지 못할 것입니다."

"그렇기는 하지만……."

도고는 어디까지나 느긋했다. 이제부터 자신이 설명하게 될 멋진 내용에 벌써 가슴이 부푼 듯한 표정이다.

"청해성(青海省) 곤륜산(崑崙山)에서 시작된 금사강(金沙江)이 서강성 한가운데를 남쪽으로 가로질러 삼천여 리를 흘러내려 향격리랍에 이르면 갑자기 북동쪽으로 크게 꺾어져서 오백여 리 정도 북상을 합니다. 그랬다가 다시 남쪽으로 방향을 틀어 흘러갑니다."

대무영과 연조는 도고의 표정으로 보아 그가 매우 중요한 이야기를 하고 있다는 것을 느꼈다.

"금사강이 서쪽과 남쪽, 동쪽으로 크게 방향을 바꾸어 굽이쳐 흐르면서 그 안쪽에 거대한 초원지대를 형성했습니다. 그곳이 바로 향격리랍입니다. 북쪽은 높이 일만 척이 넘는 거대한 노리산(魯里山)의 남쪽 직벽(直壁)이 동서 육백여 리에 걸쳐서 펼쳐져 있습니다."

대무영은 도고가 말하려는 것을 알아차렸다.

"동쪽과 서쪽, 남쪽은 금사강이 막아주고, 북쪽은 노리산이 방패가 되어준다는 것인가?"

"그렇습니다. 그곳을 흐르는 금사강 양쪽은 수백 척에서 수천 척 높이의 절벽이므로 날개가 달린 새들조차도 감히 접근하지 못할 정도로 험준합니다. 또한 향격리랍으로 몰아치는 거센 바람을 막아주는 역할도 합니다."

"그렇다면 향격리랍이라는 곳만 괜찮으면 되는군."

"그곳은 지상에서 오천 척 높이의 광활한 초원지대입니다. 아래로 푹 꺼진 자연적인 분지이기 때문에 기후도 온화하고 바람도 거의 불지 않으며 중원보다는 조금 추운 듯한 사계절이 존재하고 있습니다. 그 안에 강이 열두 개이며 모두 동과 서, 남으로 갈라져 흘러서 금사강으로 흘러듭니다. 호수가 사십여 개이며 토양이 무척 좋아서 어떤 농사라도 지을 수 있으며 목초지가 광활하고 풍부하여 목축을 해도 잘될 것입니다."

대무영과 연조는 조금 전에 실망했던 마음을 단번에 날려버리고 귀를 세웠다.

"사람이 살지 않는가?"

"중원에서 이만 리가 넘는 거리이며 토번에서도 삼천 리나 되는 곳에 있습니다. 또한 수천 척 높이의 고산준령(高山峻嶺)이 동서남북으로 최소 오천여 리에서 만 오천여 리 이상 펼쳐져 있기 때문에 목숨을 내놓지 않으면 갈 수 없는 곳이며, 어떤 뚜렷한 목적이 없는 한 그곳에 가려는 사람은 단연코 없을 것입니다."

"호오……."

"소인이 아우와 함께 가서 둘러봤을 때에는 짐승들만 우글거렸습니다."

"흠!"

"남북이 칠백여 리나 되고, 동서로는 사백여 리의 광활한 땅입니다. 우리가 그곳에 터를 잡고 살아가면서 점차 강성해지면 마침내 모습을 세상에 드러내서 그곳을 중심으로 영토를 확장할 수 있습니다."

대무영은 흥분을 억제하려고 단숨에 술 한 잔을 마시고 빈 잔을 내려놓았다.

"그렇다면 당장 그곳으로 가세."

"대군……."

대무영의 말에 도고의 얼굴에 갑자기 씁쓸한 표정이 가득 떠올랐다.

"현재 소인들과 연락이 닿는 고구려인은 만여 명이지만, 그들과 연계되어 있는 전체 고구려인의 수는 무려 이백만에 달합니다."

"이백만……."

대무영과 연조는 아연실색하고 말았다. 중원에 있는 고구려인이 그렇게나 많은 줄은 상상조차 하지 못했었다.

도고가 부친 도단야를 쳐다보았다. 이제부터는 부친이 설명할 차례라는 뜻이다.
 도단야는 마치 어린아이 손에 맛있는 과자를 쥐어주었다가 도로 뺏는 듯한 심정이다.

第六十三章
붉고 푸른 삼족오

향격리랍에 발해 왕국을 건설하는 계획의 개요는 이렇다.

중원에 살고 있는 고구려 유민들을 향격리랍으로 이주시켜서 정착시킨다는 원칙이다.

그러려면 우선 그곳에서 살아갈 많은 집이 필요하다. 집을 짓는데 필요한 재료는 모두 향격리랍에서 자체적으로 구할 수 있다.

도고와 도구 형제는 집을 짓는데 필요한 석재와 나무 등이 향격리랍에 풍부한 것을 확인했다.

하지만 덜렁 집만 있어서는 사람이 살 수가 없다. 가재도구나 세간은 직접 만든다고 하지만 최소한의 일상생활에 필요한 도구들과 생활필수품들은 중원에서 구입하여 갖고 가야만 한다.

집을 짓는데 반드시 필요한 연장이라든지, 솥 따위의 부엌에서 필요한 부정지속(釜鼎之屬), 수렵이나 불의의 공격을 받았을 때 필수적인 무기, 자리를 잡을 때까지 먹고 살 식량과 곡식의 씨앗, 목축을 하기 위한 가축들, 입을 옷과 덮고 잘 이불 등 최소한의 물품들이다.

그곳에서 오래 정착하게 되면 나중에는 자체적으로 다 만들어낼 테지만 이주할 때에는 반드시 필요한 물건들이다.

그리고 중원에서 향격리랍까지 이동하는데 드는 경비가 제일 많이 들 것으로 예상하고 있다.

도단야는 먼저 시범적으로 천 명을 향격리랍로 이주하여 정착시킬 계획이다.

그에 필요한 경비로 은자 오십만 냥을 책정했다. 일인당 오백 냥이 든다는 계산이다.

터무니없이 빠듯한 액수지만 형편에 맞추었기 때문에 어쩔 수가 없다.

도씨 일가는 대대로 번성현에서 살아오면서 가업으로 여러 개의 점포를 운영하는 것이 수입의 전부다.

대연훈 왕자를 찾는 한편 위기에 처하고 궁핍한 고구려 유민들을 물질적으로 도와주면서 또한 대동부라는 조직을 운영하다 보니까 돈이 많이 들었다.

그런 식으로 아끼면서 꼭 필요한 곳에만 지출을 하며 현재 은자 약 삼백만 냥을 축적했다고 한다. 그토록 많은 일을 하면서도 많이 모은 셈이다.

삼백만 냥이라면 고구려 유민 육천 명을 향격리랍으로 보내서 정착시킬 수 있는 액수다.

하지만 지니고 있는 돈을 다 써버리면 도씨 가문의 가업과 대동부의 일, 고구려 유민들을 지속적으로 돕고 있는 일이 전면 중단되고 만다.

원래는 대무영을 만나지 못했더라도 향격리랍으로의 고구려 유민 이주는 진행할 계획이었다.

천 명이 제대로 정착하는데 삼 년이라는 기간을 잡았다. 그래서 그들이 성공하면 삼 년 후에 두 번째로 천 명을 다시 보내는 식으로 계획을 잡았었다.

하지만 그렇게 하면 전체 고구려 유민 이백만 명을 이주시키는데 얼마나 걸릴지 기약할 수가 없다. 손가락으로 계산을 해도 육천 년이나 걸린다.

대무영은 고구려 유민 이주 계획의 최대 난제가 돈이라는 사실을 알게 되었다.

돈이라면 마학사, 아니, 적사파울의 남북금창에서 탈취한 금화와 보물을 무진장 갖고 있는 대무영이다. 그래서 그는 느긋했다.

"문제는 돈뿐인가?"

가장 큰 문제이면서 동시에 벌고 모으기도 힘든 돈을 대수롭지 않게 말하는 대무영을 도단야와 가족들은 씁쓸하게 쳐다보았다.

"그렇습니다. 돈이 가장 큰 걸림돌입니다. 자금만 충분하면 아무 문제가 없습니다."

도단야는 죄스러운 표정을 지었다.

"송구스럽습니다. 소인들이 그동안 한 일이라곤 그 정도뿐이어서……."

대무영은 손을 저었다.

"그렇지 않네."

"지난 사백여 년 동안 적가라한의 살수로부터 고구려 유민들을 잘 보살펴 온 것은 정말 대단한 일이네."

대무영은 도단야에게 정중하게 고개를 숙였다.

"그 점 진심으로 감사하네."

"어이구, 왕자님. 이러지 마십시오……!"

너무 놀란 도단야는 두 손을 마구 저었다. 놀란 나머지 왕자님이란 호칭이 막 튀어나왔다.

오 남매와 배우자들은 대무영의 행동에 가슴이 따스해졌다. 자신들이 얼마나 애썼는지를 사백여 년 만에 만난 왕자가 알아주었기 때문이다.

"자, 그 문제는 이렇게 하세."

이제부터 대무영은 자신이 갖고 있는 돈에 대해서 설명해 줄 생각이다.

"고구려 유민을 향격리랍으로 이주하는 계획의 한 가지 문제가 돈 때문이라면 염려 말게."

도단야와 가족들은 대무영에게 무슨 좋은 방법이라도 있는지 궁금하여 귀를 기울였다.

"내게 그 계획을 완성할 만한 충분한 돈이 있네. 그럼 문제는 해결된 건가?"

도단야와 가족들은 깜짝 놀랐다가 빙그레 미소를 지었다. 대무영에게 돈이 있다고 해봤자 그리 큰돈이 아닐 것이라고 생각한 것이다.

"우선 백만 냥쯤 내놓을까 하네."

그 말에 도단야와 가족들은 눈을 크게 뜨고 놀랐다. 일개 청년인 대무영이 백만 냥이라는 거금을 갖고 있다는 사실이 믿어지지 않았다.

그런데 대무영 옆에 앉은 연조가 배시시 미소를 지으며 부연설명을 했다.

"금화로 백만 냥이에요."

"……."

모두들 눈을 희번덕이며 소스라치게 놀랐다. 그리고는 곧 대무영과 연조가 지금 상황이 너무 팍팍하니까 좀 웃어보자고 농담을 하는 것이라고 여겼다.

그럴 수밖에 없는 것이 금화 한 냥이 은자 오십 냥이니까 백만 냥이라면 은자 오천만 냥이기 때문이다. 젊디젊은 대무영이 그렇게 엄청난 돈을 갖고 있다니, 세 살짜리 코흘리개도 그 말을 믿지 않을 터이다.

모두들 믿지 않는 표정이라서 연조가 주먹으로 탁자를 가볍게 내려치면서 약간 목소리를 높였다.

탁!

"정말이에요!"

모두들 조심스럽게 대무영과 연조를 쳐다보았다. 도대체 이 일을 어디까지 믿어야 하느냐는 표정들이다.

"설마 대군이 지금처럼 진지한 상황에 여러분에게 농담을 하겠어요?"

도단야와 가족들은 비로소 눈을 휘둥그렇게 떴다. 오천만 냥이라니 그게 어느 정도인지 상상조차 되지 않았다.

"정… 말입니까?"

그때 도단야의 셋째인 장녀 도려(都麗)가 숨을 쉬지 않을 정도로 놀라서 물었다.

"그렇네."

대무영은 엷게 미소 지으며 고개를 끄떡였다.

"맙소사……."

"어떻게 이런 홍복이……."

모두들 비로소 대무영과 연조의 말이 사실일지도 모른다고 조심스럽게 믿으면서 술렁거렸다.

"그만 됐다, 조야."

대무영은 도단야와 가족들이 돈 때문에 전전긍긍하는 것을 보고는 마음이 크게 놓였다. 돈이라면 그에게 무진장 있기 때문이다.

그러나 그들이 놀랄까봐 제 딴에는 매우 조심스럽게 얘기를 꺼냈던 것이다.

"네가 설명해 줘라."

대무영은 연조에게 고개를 끄떡여 보이고는 술잔을 집어 입으로 가져갔다.

그가 연조에게 시킨 것은 자신들이 적사파울의 남북금창을 급습하여 몰살시키고 돈과 보물을 다 털었다는 사실을 설명하라는 뜻이다.

연조는 남북금창의 얘기를 꺼내기 전에 먼저 대무영과 마학사가 어떻게 인연을 맺었으며 어떤 과정을 거쳐서 철천지 원수가 되었는지를 설명했다. 그게 순서다.

그리고 나서 대무영과 무영단원들이 어떻게 적사파울의 남북금창을 급습하고 또 금화와 보물들을 털었는지 자세하게 설명했다.

사실 그다지 자세하게 설명할 내용은 많지 않았다. 중요한 것은 결론이기 때문이다.

연조가 설명을 끝냈으나 좌중은 무덤 속처럼 조용, 아니, 고요했다.

도단야와 가족들은 숨도 쉬지 않고 눈도 깜빡이지 않으면서 대무영을 바라보았다.

너무도 엄청난 사실이라서 그것을 자각하는 데에는 충분한 시간이 필요했다.

대무영과 연조는 아무 말도 하지 않고 담담한 표정으로 그들이 최초의 반응을 보이기를 기다렸다.

더 이상 뭐라고 할 말이 없다. 설명해 준 그대로 받아들이면 되는 것이다. 그런데 그게 힘들었다.

문제는 돈의 액수다. 셈을 할 수 없을 정도의 액수라는 사실 때문이다.

"아아……"

한참 만에 오 남매 중에서 제일 어린 막내딸 도해(都海)가긴 한숨을 토해냈다.

도단야는 오 남매의 이름은 '고구려발해'로 지었다. 장남이 고, 차남이 구, 셋째가 려이며, 넷째는 발(渤), 방금 한숨을 내쉰 다섯째 막내딸이 해다.

자식들 이름까지 그리 지은 것을 보면 도단야의 고구려와 발해에 대한 마음이 어떤지 짐작할 수가 있다.

"대군, 그거 얼마나 되나요?"

이십삼 세의 도해는 어린 만큼 당돌하다.

셈이 약한 대무영을 대신해서 연조가 대답했다.

"북금창에서 탈취한 금화만 대략 은자로 오백억 냥쯤 되지 않을까 생각해요. 물론 보물은 그보다 몇 십 배 더 큰 가치가 있을 거예요."

"오백억……"

연조는 방그레 미소 지으며 흰 손가락 하나를 세웠다.

"남금창의 것은 그보다 조금 더 많아요."

도단야와 가족들의 얼굴은 꿈을 꾸는 듯 몽롱했다. 연조의 설명은 그들을 진정시키기보다는 오히려 더욱 깊은 경악으로 몰아넣은 것이 분명했다.

문득 대무영은 생각나는 것이 있어서 연조에게 물었다.

"조야, 동료들은 어떻게 하면 되겠느냐?"

대무영과 연조의 운명이 완전히 변했으므로 이제는 무영

단원들의 향배를 걱정해야 한다.

대무영은 도단야와 가족들이 잠시 경악에 빠져 있도록 내버려두었다.

그들이 진정할 시간이 필요하기 때문이다. 그 사이에 자신들의 대화를 하려는 것이다.

"글쎄요, 소녀 생각으론 그들은 두말없이 무영가를 따를 것 같아요."

"그럴까? 하지만 그들은 한인이잖느냐?"

연조는 배시시 미소 지었다.

"우리가 언제 그런 거 따졌어요? 모두 무영가 좋다고 모여든 사람이에요. 무영가라면 사족을 못 쓰는 사람들인데 내쫓는다고 가겠어요? 아마 죽자 사자 달라붙을 걸요?"

"그런가?"

연조의 말을 듣고 대무영은 무영단원들에 대한 걱정을 조금쯤 덜었다.

그즈음 도단야와 가족들은 정신을 웬만큼 수습했으며 대무영과 연조의 말을 어느 정도 납득했다.

"도 노사, 그럼 돈 문제는 해결된 건가?"

"그… 렇습니다, 대군."

도단야는 들뜬 표정으로 대답했다. 그만이 아니라 가족 모두의 얼굴에 기쁜 표정이 역력하게 떠올랐다.

대무영은 도단야에게 짧게 지시했다.

"남북금창에서 가져온 물건은 도 노사가 관리하게."

도단야는 뾰족한 창에 심장을 찔린 듯한 표정을 지었다. 남북금창의 물건, 즉 금화와 보물은 실로 어마어마한데 대무영이 자신에게 선뜻 다 맡기려는 것이다.

그것만으로도 대무영의 도량과 배짱이 얼마나 큰지 알 수 있었다.

"그래도… 되겠습니까?"

"맡기 싫은가?"

"아, 아닙니다."

단언하건대, 지금껏 도단야를 이처럼 감동시키고 또 당황하게 만든 사람은 대무영이 처음이다.

가족들은 가슴 저 밑바닥으로부터 솟구치는 감정을 억제하지 못하고 마침내 두 손을 치켜들면서 우레처럼 함성을 터뜨렸다.

"와아—!"

"만세—!"

아지랑이처럼 영원히 잡히지 않을 것 같았던 꿈이 현실로 성큼 다가왔다.

기다리던 밤이 되었다.

도단야가 예견했던 대로 야공에는 커다랗고 밝은 보름달이 휘영청 떠 있었다.

도단야는 대무영과 연조를 장원 뒤쪽에 있는 둘레 삼십여 장 남짓의 아주 작은 인공 연못으로 안내했다.

"연못 한가운데에 천지검을 뽑아서 던지십시오."

도단야의 주문대로 대무영은 천지검을 뽑아서 연못 한가운데에 정확하게 빠뜨렸다. 맑은 물속에 천지검이 누워 있는 모습이 선명하게 보였다.

"그 다음에는 어떻게 하지?"

"기다리면 됩니다."

세 사람은 연못가에 나란히 서서 무슨 일이 일어나기를 기다렸다.

신비한 사건은 갑자기 일어났다. 야공에 떠 있는 보름달로부터 한 줄기 푸르스름한 빛이 연못을 향해서 수직으로 환상처럼 쏟아 내렸다.

빛은 둥글었고 두 팔을 활짝 벌리면 한 아름쯤 될 듯한 크기였다.

그 빛이 연못 한가운데 누워 있는 천지검으로 정확하게 내려꽂혔다.

스으으……

그러자 천지검에서 푸른 빛줄기가 뿜어져서 수면 위로 솟구치더니 일 장 정도의 높이에서 빛줄기가 형상화되면서 어떤 움직임을 보이기 시작했다.

푸른 빛줄기는 한 마리의 푸른빛 삼족오로 변했다. 즉, 청삼족오(靑三足烏)다.

그것이 허공의 달빛 속에서 춤을 추기 시작했다. 대무영이 동백촌 강물에서 보고 익혔던 적삼족오와 같은 움직임이다. 그러나 자세히 보면 전혀 다른 종류의 춤이다.

"어서 따라 하십시오."

도단야가 즉시 대무영의 등을 밀었다.

대무영은 번쩍 정신을 차리고 청삼족오의 삼족오무를 따라서 하기 시작했다.

적삼족오의 춤을 완벽하게 외우고 있는 그로서는 청삼족오의 춤을 따라서 하는 것과 외우는 것이 어렵지 않았다.

청삼족오가 다섯 차례쯤 똑같은 춤을 반복하고 있을 때 대무영은 완전히 외웠다.

연조도 한쪽에서 따라 해보았지만 너무 어려워서 초반부터 막혀 버렸다.

청삼족오의 동작이 너무 난해한데다 비슷한 것 같으면서도 전혀 다른 동작이 많았다.

그러다가 대무영을 쳐다보고는 깜짝 놀랐다. 청삼족오와 대무영의 동작이 한 치의 빈틈도 없이 완벽하게 들어맞고 있었기 때문이다.

    결국 연조는 자신은 도저히 따라할 수 없다는 생각에 포기하고 말았다.

    그녀는 도단야 옆으로 가서 함께 대무영을 지켜보았다. 그 즈음의 대무영은 완전히 청삼족오의 춤에 심취하여 무아지경에 빠진 듯했다.

    "과연… 과연……."

    도단야는 그 광경을 보면서 계속 그 말만 되풀이했다.

    고구려와 발해의 상징인 전설의 삼족오가 현신하여 발해 왕자에게 신비한 춤을 가르쳐 주는 광경을 바라보는 그의 심정이 과연 어떻겠는가.

    갑자기 청삼족오가 춤을 멈추었다. 구름이 보름달을 가렸기 때문이다.

    그러나 대무영은 혼자 계속 청삼족오무를 추고 있다. 아니, 도단야는 그의 춤이 조금 전하고는 달라졌다는 사실을 발견했다.

    그리고 지금 그가 추고 있는 것이 적삼족오무와 청삼족오무를 합친 것이라는 사실을 깨달았다.

    대무영은 마침내 원하던 것을 얻었다. 적삼족오는 태양이고 청삼족오는 달이었다. 태양은 남자이며, 달은 여자. 남자는 발해의 마지막 왕인 애왕 대인선이고, 여자는 그의 왕비 연씨였다.

그 두 사람이 남긴 애절한 핏물이 두 마리 신령한 삼족오가 된 것이다.

그리고 삼족오의 천기연이 마침내 사백여 년의 시공을 넘어서 핏줄인 대무영에게 전해졌다.

대무영은 도단야가 마련해 준 지하밀실에 틀어박혀서 벌써 한 달째 무공 연마에 몰입해 있는 중이다.

적삼족오무와 청삼족오무가 조화를 이루어서 완성한 삼족오검법을 연마하고 있다.

그가 무공 연마를 하고 있는 동안 연조는 섬에 다녀왔다. 마침 만당이 동료 선원들과 함께 가족들을 데리러 형하구로 출발하기 전이어서, 삼족오이선에 사람들을 태우고 번성현으로 돌아왔다.

섬에는 이반을 남겨두어 진복이 가족을 데리고 오면 함께 번성현으로 오라고 일러두었다.

또한 무영단원들과 도단야의 아들들, 그리고 대동부 사람들을 보내서 낙수 근처 야산에 묻어 놓은 금화와 보물을 모두 면막원으로 가져오라고 지시했다.

북설과 주고후가 대무영을 직접 보기 전에는 그 말에 따를 수 없다고 버텨서 연조가 할 수 없이 두 사람을 지하밀실의 대무영에게 데리고 갔다가 세 명 다 혼쭐이 났다. 무공 연마를 방해했기 때문이다.

그리고 만당을 비롯한 아홉 명의 선원에게는 낙수에 있는 삼족오일선을 몰고 와서 무창에서 대기하라고 지시했으며, 돈을 충분히 주었다.

그것은 장차 고구려 유민들을 향격리랍으로 이주시킬 때 필요한 포석이었다.

*　　*　　*

오룡방주 유화곤과 두 아들 유태, 유웅를 데리러 보냈던 대동부 사람이 도착했다.

그들을 데려온 대동부 사람은 아무 말도 하지 않고 연조가 써준 서찰만 내보였기 때문에 세 사람은 아무것도 모르는 상태고 또 매우 긴장하고 있었다.

연조는 서찰에 간략하게 부친과 두 오라비가 한시바삐 와주어야 한다고만 적었다.

연조는 미리 기별을 받고 전문 앞에서 기다리다가 반갑게 가족과 상봉한 후에 그들을 장원 깊숙한 밀실로 직접 안내했다.

유화곤과 오빠들은 연조가 무사한 것을 보고 안심했지만

여전히 무슨 일인지 영문을 몰라 물었으나 그녀는 미소를 지으면서 잠시 후면 알게 될 것이라고만 말했다.

연조가 안내한 밀실에는 도단야와 오 남매가 미리 기다리고 있다가 그들을 맞이했다.
"어서 오십시오."
도단야가 공손히 세 남자를 맞이했다.
유화곤과 두 아들은 생전 처음 보는 도단야와 딸 연조를 의아한 표정으로 번갈아 쳐다보았다.
그러나 세 사람의 가득했던 의문은 도단야의 말에 씻은 듯이 사라졌다.
"소인은 도리발의 십오 대 후손인 도단야입니다."
유화곤과 유태, 유웅은 그 자리에 돌이 돼버린 것처럼 몸이 굳어버렸고, 얼굴에는 폭풍 같은 격동이 넘실거렸다. 어금니를 힘껏 악물었고 뺨이 씰룩였다.
그들은 내심으로 이것이 꿈이 아니라 현실이라고 스스로에게 힘주어서 외치고 있었다.
"소인, 연왕(淵王) 전하를 뵈옵니다."
도단야와 함께 뒤쪽의 오 남매가 그 자리에 엎드려 부복하며 큰절을 올렸다.
연조는 부친을 바라보았다. 유화곤은 두 주먹을 움켜쥐고 일그러진 얼굴로 온몸을 와들와들 떨고 있는데 눈물이 폭포처럼 쏟아져 내리고 있었다.

두 오빠 유태와 유웅도 비슷한 모습으로 격동하고 있었다. 그걸 보고 연조는 오빠들은 이미 모든 사실을 알고 있었다는 것을 깨달았다.

"이제야……."

쿵!

유화곤은 도단야 앞에 무너지듯이 무릎을 꿇었다.

그는 덜덜 떨리는 두 팔을 내밀어 엎드려 있는 도단야의 어깨를 잡고 상체를 일으켰다.

"왜 이제야 나타났소……?"

"전하……."

고개를 든 도단야도 눈물범벅이고, 뒤쪽의 오 남매도 엎드린 채 흐느껴 울었다.

그동안 너무 울어서 이제 눈물이 말랐을 것 같았던 연조도 다시 흐느껴 울기 시작했으며, 실내에서 울지 않는 사람은 한 명도 없었다.

유화곤은 도단야의 어깨를 붙잡고 눈물범벅인 얼굴로 흐느끼면서 말했다.

"나는 고구려 계루부 제오십칠대 대로(大盧:고구려 오부의 부족장) 연화곤이오."

"잘 오셨습니다. 연왕 전하……."

두 사람은 서로를 뜨겁게 주시하다가 어느 한순간 힘껏 얼싸안고 울음을 터뜨렸다.

*　　　*　　　*

대무영은 지하밀실에 들어간 지 한 달 보름 만에 연조를 들어오라고 했다. 그리고는 그녀와 함께 그곳에서 두 달 동안 더 지냈다.

그 사이에 해를 넘겨 새해가 되었으며, 정월 중순이 돼서야 두 사람은 목적했던 바를 이루게 되었다.

대무영은 지하밀실에서 한 달 보름 동안 연마하여 삼족오검법을 터득했다.

이어서 연조를 불러들여서 그녀에게 청삼족오검법을 가르쳐 주었다.

연마하다가 깨우친 사실이지만, 삼족오검법은 적, 청, 두 개의 삼족오검법으로 이루어져 있었다.

하지만 둘 중 어느 것 하나만으로는 절대로 깨우칠 수도 연마할 수도 없는 구조로 되어 있었다.

대무영은 연조에게 삼족오검법 전체를 가르치려고 했으나 여의치 않았다.

그녀는 매우 총명하고 자질이 뛰어난데도 불구하고 삼족오검법 전체를 단시일 내에 이해하는 것은 무리였다.

그래서 청삼족오검법을 가르쳤으며, 장차 대무영이 적삼족오검법을 펼쳐서 두 사람이 합격(合擊)을 한다면 위력이 배가될 터이다.

그뿐만이 아니라 또 다른 큰 소득이 있었다. 천지검에 깃들어 있는 삼족오가 단순히 천지검에만 국한되지 않는 하나의 영력(靈力)이라는 사실을 깨달았다.

그래서 삼족오를 체내로 이끌어 들이는데 성공했으며, 나중에는 그것을 자유자재로 부릴 수 있게 되었다.

즉, 대무영과 연조는 삼족오와 영신합일(靈身合一)을 이룬 것이다.

그 과정에 두 가지 특기할 만한 일이 일어났었다. 적, 청삼족오가 체내로 들어와 영신합일하면서 소연과의 정사로 인해 심어졌던 고독을 죽여서 몸 밖으로 배출시킨 것이다. 그는 그렇게 오랜 사슬에서 풀려났다.

또 하나는 형산에서 주지화의 사저 일편절 나운정과 적사파울이 데리고 왔던 철심도 진명군에게 당했던 극심한 내상이 줄곧 완치되지 않았었는데 삼족오와 영신합일하는 과정에 깨끗이 치유가 돼버렸다.

무엇이 어떻게 작용을 했는지는 모르지만 그의 체내에서

다 용해되지 않고 남아 있던 천년하수오마저도 깡그리 용해되어 흡수되었다.

아마도 삼족오의 영력과 천년하수오가 서로 조화를 이룬 것 같았다.

어쨌든 그 일로 경사가 겹쳤다. 내상이 완치되었을 뿐만 아니라 예전하고는 비교할 수 없을 정도의 막강한 외공기마저 보유하게 된 것이다.

*   *   *

북설을 비롯한 무영단원들은 물론이고 아란과 청향까지도 면막원에서 벌써 몇 달 동안이나 지루한 나날을 보내고 있는 중이다.

그나마 무영단원들은 면막원 사람들이 제공한 마당이나 수련실에서 무술 연마에 전념할 수 있었다는 것이 다행이라면 다행한 일이었다.

그마저도 하지 않았다면 성질 급한 북설부터 차례차례 복장이 터져서 미쳐 버렸을 것이다.

청향의 곁에는 용구가 있었다. 지난날 대무영이 용구를 하남포구에 아란, 청향과 함께 남겨두고 떠났던 것에는 다 그럴 만한 이유가 있었다.

용구가 청향하고 서로 사랑하는 사이이기 때문이고, 부모와 자매, 자식들까지 모두 잃은 청향 곁에 남아서 위로하라는 뜻이었다.

용구는 무영단원들하고 무술 수련을 하다가도 식사 시간만 되면 청향에게 와서 아란과 진복의 가족들과 함께 식사를 하였다.

아란은 싹싹하고 시원시원한 성격이라서, 그리고 청향은 다정다감해서 진복의 아내와 자식들을 쌍수를 들어 환영하고 친자매나 조카들처럼 대했다.

진복은 가족들을 이끌고 올 때까지만 해도 여러 가지 자질구레한 것을 염려했었으나 아란과 청향을 만나고 나서는 모든 것을 그녀들에게 맡겨 버렸으며 걱정이 일시에 다 사라져 버렸다.

또한 노산현에서 대무영의 말 한마디만 믿고 무작정 길을 떠나 아란과 청향을 찾아서 온 소연의 모친과 여동생 소선도 있다.

아란과 청향뿐이었으면 자칫 외로울 수도 있었겠으나 소연의 모친과 진복의 처, 게다가 소선과 진복의 자식들까지 북새통을 이루게 되어 외로울 틈이 없었다.

그렇지만 무영단원이나 아란과 청향 등은 아무 영문도 모르는 채 이곳에서 지내고 있다.

연조가 모두 이곳으로 오라고 했다는 것과 북설과 주고후가 지하밀실에서 무공을 연마하고 있는 대무영을 직접 만났다는 사실만 들었을 뿐이다.

第六十四章
두 가지 선택

어스름 저녁 무렵. 진복은 아내와 함께 면막원 뒤뜰을 나란히 거닐고 있었다.
 예전의 진복은 아내나 자식들에게 다정한 남편과 아버지가 되지 못했었다.
 몇 달에 한 번 집에 오는 정도였고, 왔다가도 사흘을 넘기지 못하고 또다시 훌쩍 떠나 버렸었다.
 그렇지만 아내와 아이들은 진복을 조금도 원망하지 않았을 뿐더러 오히려 자신들을 먹여 살리기 위해서 저처럼 제대로 쉬지도 못한 채 고생만 하는 남편이며 아버지를 자랑스럽고도 고맙게 생각했었다.

 만약 진복이 대무영을 만나지 못했더라면, 그래서 그의 강직하면서도 다정한 내유외강의 성격을 닮고 싶다는 생각이 들지 않았더라면, 지금 이처럼 아내하고 다정하게 거니는 일 따위는 어림도 없는 짓거리였을 것이다.

 작년 늦가을에 삼족오이선이 번성현에 닿았을 때, 대무영이 가족이 누구며 어디에 사느냐고 물었을 때에야 진복은 까맣게 잊고 있었던 가족을 떠올렸을 정도로 무심한 남편이고 아버지였었다.

 사실 말이 나왔으니까 말이지 그가 평소에 생각하고 있는 것은 아내나 자식들의 생각과 별반 차이가 없었다.

 살벌한 강호바닥에서 목숨을 걸고 힘들게 돈을 벌어서 먹여 살려주는 것만도 어딘데, 하물며 남편 노릇 아버지 노릇까지 제대로 해주기를 바라는 것은 언감생심이라고 여겼었고, 그럴 만한 여유도 없었다.

 그런데 대무영이 남자는 가족하고 함께 있어야 더 강해진다면서 가족을 데리고 와서 함께 살자고 말했을 때 진복은 비로소 생전 처음 커다란 깨달음을 얻었다.

 자신은 이날까지 자신의 한몸과 가족들을 먹여 살린다는 이유로 무위(無爲), 아무것도 이루지 못하고 살아왔다는 사실을. 그리고 이제부터는 주군과 가족을 위해서 제 이의 삶을 힘차게 살리라고 다짐했었다.

그렇게 가족들을 데리러 가는 동안, 그리고 가족들을 데리고 오는 동안 그는 많은 생각을 했고 경험을 했으며 가족의 소중함을 배웠었다.

그래서 그는 요즘 거의 하루 종일 무술 수련을 하다가도 틈을 내서 가족과 함께 자주 시간을 보내려고 애를 쓰고 있는 중이다.

지금도 그것의 연장으로 저녁 식사 전에 아내와 함께 잠시 산책을 하면서 소소한 행복을 느끼고 있다.

두 사람이 걸어가고 있는 인공 연못의 앞쪽에는 별채 하나가 외따로 떨어져 있다.

진복은 그곳 지하밀실에서 대무영과 연조가 무공 연마를 하고 있다고 알고 있다.

이곳에 온 지 두 달이 넘었고 지금까지 여러 번 아내하고 이곳으로 산책을 나왔으나 별채는 조용하기만 했다. 그래서 저곳에 대무영과 연조가 있는지조차도 의심스러웠다.

진복의 아내는 요즘 살판이 났다. 그녀는 동그랗고 복스러운 용모이며 웃으면 눈이 보이지 않을 정도인데 웃는 모습이 매우 귀여웠다.

그녀는 남편 팔에 꼭 매달려서 고개를 그의 어깨에 기대고 지그시 눈을 감은 채 남편이 이끄는 대로 구름 위를 걷듯이 걸어갔다.

"아……."

그런데 갑자기 진복의 걸음이 뚝 멈추더니 나직한 탄성을 흘렸다.

눈앞의 별채에서 대무영과 연조가 나란히 걸어 나오고 있는 광경을 발견한 것이다.

"여보, 왜 그러세요? 앗!"

아내는 의아해서 눈을 뜨고 묻다가 진복이 뿌리치고 앞으로 뛰어가는 바람에 그 자리에 엎어지고 말았다.

"주군!"

진복은 너무도 반가워서 한달음에 달려가 대무영 앞에 공손히 허리를 굽혔다.

"이제 출관하십니까?"

"하하! 오랜만이구나, 진복."

대무영은 감회어린 표정을 짓고 있는 진복을 놔두고 성큼성큼 걸어가서 엎어진 자세로 자신을 올려다보고 있는 진복의 아내를 잡아서 일으켰다.

"어서 일어나시오, 형수."

진복과 아내는 너무도 황송하여 어쩔 줄을 몰랐다. 주군이 자신의 아내더러 '형수'라니, 꿈에서조차 상상해 본 적이 없는 일이다.

"진복, 형수를 소개해주게."

"어… 이쿠, 주군… 이러시면……."

진복은 옆에 선 아내의 머리를 손으로 꾹 눌렀다.

"어서 주군께 인사드리지 않고 뭐하는 게냐, 이 마누라야."

한바탕 인사가 끝나자 대무영은 진복과 아내의 어깨를 양팔로 감싸 안고 본채 쪽으로 향했다.

"저녁 먹었나?"

"아직 식사 전입니다."

"잘됐군, 오늘밤은 근사하게 연회다."

대무영은 허리를 굽혀 키가 작은 진복 아내의 얼굴을 들여다보며 물었다.

"형수는 술을 할 줄 아시오?"

진복 아내는 대무영이 서글서글하고 성격이 좋다는 것이 마음에 들었다.

"조금 할 줄 알아요."

"노래는?"

진복 아내는 배시시 웃었다.

"그건 잘해요."

"저… 저놈의 마누라가 창피한 줄도 모르고……."

진복은 당황해서 어쩔 줄을 몰랐다.

대무영은 두 사람의 어깨를 잡고 성큼성큼 걸어가며 호탕하게 웃었다.
"하하하! 좋소! 오늘 형수의 노래를 들어봅시다!"

오늘밤 면막원에서 가장 큰 전각의 대전이 사람들로 가득 들어찼다.

대무영이 술을 마실 때 어떻게 해야 하는지 잘 알고 있는 무영단원들은 수십 명이 함께 앉을만한 탁자가 없어서 장원을 발칵 뒤져서 커다란 탁자를 여러 개 가져다가 뚝딱뚝딱 맞춰서 하나의 커다란 대형 탁자를 만들었다.

상석이 따로 없는 탁자의 한쪽에는 대무영과 연조가 나란히 앉았다.

그 오른쪽에는 북설과 무영단원, 왼쪽에는 아란과 청향, 소연의 모친과 소선, 진복의 아내 등이 앉았다.

그리고 맞은편에는 도단야와 오 남매, 그리고 배우자들이 앉았으며, 무영단원과 도단야 가족 사이에 연화곤과 연태, 연웅이 둘러앉았다.

아까부터 연화곤과 두 아들은 대무영의 얼굴에서 눈을 떼지 못하고 있다.

이미 도단야에게 자세한 설명을 다 들었던 터라서 대무영이 대연훈의 후예인 발해 왕자라는 사실과 그의 막대한 자금으로 고구려 유민들이 향격리랍에 가게 되었다는 사실 등도

다 알게 되었다.
 이 자리에서는 대무영이 최고 신분이다. 연조와 연화곤 등은 발해왕가의 외척(外戚)이며 고구려 계루부의 대로로서 두 번째 신분이다.
 연화곤 등은 대무영에게 인사를 올릴 감격적인 기회를 기다리고 있다.
 무영단원들과 대무영의 가족들은 아무것도 모르는 상태에서 그저 대무영의 얼굴만 봐도 기쁨에 겨워서 싱글벙글하며 앉아 있다.
 하녀들이 부지런히 드나들면서 커다란 탁자에 술과 요리를 푸짐하게 그득 차리고 물러갔다. 이제 실내에 외부인이라고는 없다.
 가슴이 부푼 도단야가 대무영을 보며 공손히 물었다.
 "대군, 시작하신 일은 끝을 내셨습니까?"
 무영단원들과 가족들은 도단야가 대무영을 '대군'이라 칭하자 의아한 표정이 되었다. 그러나 잠자코 상황이 어떻게 돌아가는지 지켜보았다.
 대무영은 빙그레 미소 지으면서 왼쪽에 앉은 연조의 어깨에 팔을 둘렀다.
 "잘 끝냈네. 나중에 조야하고 함께 펼쳐 보일 테니까 그때 구경하게."

"기대하겠습니다."

연화곤과 연태, 연웅은 대무영의 잘생긴 용모와 건장한 체구, 서글서글하고 호걸다운 기품이 여간 마음에 드는 것이 아니다.

더구나 그가 연조와 함께 두 달 동안이나 지하밀실이라는 한정된 공간에서 지냈고, 또 지금은 그가 연조의 어깨에 팔을 두르며 친근한 행동을 하자 연화곤 등은 두 사람이 부부이기나 한 것처럼 흐뭇했다.

이윽고 대무영은 연조의 어깨에서 팔을 내리며 연화곤을 쳐다보며 빙그레 미소 지었다.

"그동안 강녕하셨습니까? 방주."

그는 유조에게 배운 강녕이라는 말을 적절하게 잘 써먹고 있었다.

"아… 덕분에……."

연화곤은 황망히 두 손을 모아 포권을 했으나 의아함을 금치 못했다.

대무영의 말은 예전에 알고 지냈던 사람에 대한 인사인데 연화곤은 그가 누군지 도무지 기억이 나지 않았다. 그로서는 대무영이 생면부지라고 생각했다.

하긴 대무영이 오룡방 조장을 지냈던 것은 벌써 햇수로 이 년 전의 일이다.

그때의 대무영은 약간 소년티가 있었으나 지금의 모습은 헌앙한 청년으로 많이 변했기 때문에 논공행상 때 한 번 잠깐 동안 봤었던 단목조장의 모습을 기억하고 있다는 자체가 무리다.
 더구나 북설이나 이반 등 그 당시 단목조원들과 얼굴이 흉측하게 변해 버린 주고후를 알아보지 못하는 것은 당연한 일이다.
 연화곤과 두 아들에게 대무영이 오룡방에서 일개 조장이었다는 사실은 아무도 말하지 않았다. 구태여 말할 필요가 없기 때문이다.
 대무영은 여전히 미소를 지었다.
 "방주께서 연왕이실 줄이야 상상조차 못했습니다."
 "그러시겠지요."
 연화곤은 혹시 연조의 도움을 청할까 싶어서 쳐다봤더니 그녀는 생글생글 미소만 짓고 있다.
 "방주, 저는 이 년 전에 오룡방에서 단목조장을 지냈던 사람입니다."
 그런데 대무영이 불쑥 그런 얘기를 했다.
 "……"
 연화곤과 연태, 연웅은 무슨 말인지 몰라서 눈을 껌뻑거리며 그를 쳐다볼 뿐이다.

"아버님, 그때 전투에서 소녀를 살려준 조장이 이분 무영가예요. 논공행상 때 상금을 제일 많이 탔었잖아요. 기억 안 나세요?"

"아……."

그제야 연화곤과 두 아들은 대무영을 기억해내고 깜짝 놀라 벌떡 일어섰다.

"지금 생각하면 그 당시에 무영가께서 본 방에 찾아오신 것은 결코 우연이 아니었어요. 그것은 선조께서 안배하신 운명이 분명해요."

연화곤과 두 아들은 너무도 황망하고 놀란 표정으로 한참이나 아무 말도 못하고 대무영을 바라보기만 했다.

대무영은 빙그레 미소를 지었다.

"우리 이야기는 잠시 후에 나누기로 하고 그전에 먼저 해야 할 일이 있습니다."

그는 우측에 앉아 있는 무영단원들과 아란, 청향, 소연의 모친, 진복의 아내 등을 천천히 쓸어보았다.

무영단원들과 아란 등은 분위기가 자못 진지해서 감히 경거망동하지 못하고 긴장했다.

그리고 대무영의 잔잔한 목소리가 그들의 귀를 울렸다.

"여러분에게 할 말이 있소. 내 말을 듣고 나서 선택은 각자의 몫이오."

그들은 더욱 긴장했다.

"하나의 길은 나와 끝까지 함께 가는 것이오. 또 다른 길은 여러분 각자의 길을 가는 것이오. 후자를 선택한다고 해도 나는 여러분을 원망하지 않을 것이며 각자 은자 천만 냥씩 주겠소."

각자 천만 냥이면 어마어마한 돈이다. 아무리 펑펑 쓴다고 해도 평생토록 다 쓰지 못할 거액이다.

그 정도의 거액을 주면서까지 함께하는 것과 떠나는 것을 선택하라고 하니까 무영단원이나 아란 등은 너무 긴장해서 심장이 튀어나올 정도였다.

그러나 대무영의 설명은 그것이 끝이다. 아니, 그것은 설명이 아니라 결론이었다.

"이제 선택하시오."

도대체 왜 갑자기 이런 선택을 해야 하는지에 대한 설명도 없기 때문에 그들은 궁금해서 미칠 지경이다. 그렇지만 대무영의 표정으로 봐서는 더 이상 아무 말도 해주지 않을 것 같았다.

그러나 사실 설명은 이미 다된 것 같다. 두 길이 있다. 하나는 끝까지 대무영하고 함께 가는 것이고, 다른 하나는 여기에서 찢어져서 은자 천만 냥을 받아 쥐고 제 갈 길로 뿔뿔이 흩어지는 것이다.

사실은 간단하다. 살아도 대무영하고 함께 살고 죽어도 대무영하고 같이 죽겠다면 전자를 선택하고, 그렇게 못하겠다면 후자를 선택하면 된다.

모두들 무영단원들과 아란, 청향 등을 주시하는 가운데 고요한 적막이 흘렀다.

"나는 단주하고 끝까지 간다."

그때 적막을 깨고 주고후가 불쑥 말했다.

"이 새끼! 내가 제일 먼저 말하려고 했다구!"

퍼퍼퍽!

갑자기 북설이 벌떡 일어나며 옆에 앉은 주고후의 머리를 동네북처럼 미친 듯이 두드리며 악을 썼다.

"그 새끼 죽여!"

이반과 용구, 진복이 같이 악을 쓰며 거들었다. 먼저 말한 주고후가 다들 미운 것이다.

"우린 죽으나 사나 무영이하고 같이 있을 거야."

그들이 한바탕 난리를 피우고 있을 때 아란과 청향, 소연의 모친, 소선이 나란히 손을 잡고 환하게 미소 지으며 입을 모아 합창을 했다.

또 기회를 뺏긴 북설과 무영단원들은 자리를 박차고 일어나서 저마다 고함을 질렀다.

"나 북설은 벽에 똥칠할 때까지 조장과 함께……."

"나는 무조건 단주하고 같이 있을 거야."

"내 목숨은 진즉에 주군 것이었소."

"이 새끼들아! 내가 지금 말하고 있잖아!"

북설이 악다구니를 쓰며 주먹을 휘둘렀다. 그러자 이반과 용구, 진복, 그리고 그녀에게 얻어터진 주고후가 눈이 벌개져 그녀에게 달려들었다.

"오늘 이년을 아예 죽여 버리는 거야!"

"그동안 북설 이년한테 당한 거 다 갚자구!"

대무영과 연조는 무영단원들과 아란, 청향 등이 떠나지 않을 것이라고 예상했었다.

자신들의 만남과 인연이 결코 가벼운 것이 아니라고 믿고 있었기 때문이다.

"지금부터 제가 하는 말을 잘 들으세요."

연조가 일어나서 무영단원들과 아란, 청향 등을 향해 진지한 표정으로 얘기를 시작했다.

매우 중요한 얘기지만 내용에 비해서 설명할 말은 그리 많지 않았다.

다만 대무영이 동이족의 멸망한 발해의 왕자이며 중원에 끌려와서 사백여 년 동안 살아온 이백만 명의 고구려 유민을 이끌고 신천지를 찾아가서 나라를 건국해야 하는 책임이 있다는 내용이다.

연조가 설명을 하는 동안, 그리고 설명이 끝나자 무영단원과 아란 등은 귀신에 홀린 듯한 표정을 지었다. 지금까지 한솥밥을 먹으면서 같이 지지고 볶았던 단목조장이자 나중에는 무영단주가 된 대무영이 뜬금없이 발해의 왕자라니, 무슨 그런 황당한 얘기가 다 있느냐는 표정이다.

"왕자? 조장이? 정말이야?"

머리가 쪼개질 것 같은 표정을 지으며 북설이 평소와 다름없는 말투로 물었다.

"그렇다."

"그래서 조장하고 우리 사이가 변하는 거야? 우리도 조장을 하늘처럼 떠받들고 백성처럼 굴어야 돼?"

대무영은 껄껄 웃었다.

"하하하! 그러면 오히려 내가 불편할 거다. 그냥 예전처럼 대하는 게 좋다."

또 아란이 나섰다.

"그렇다면 나는 무영의 뜻에 전적으로……."

"언니! 아무리 아란 언니라고 해도 내 말을 가로막으면 죽여 버릴 거야!"

북설이 아란을 잡아먹을 듯이 노려보면서 목에 핏대를 세우며 악을 썼다.

그녀는 대무영을 똑바로 주시하며 따지듯이 물었다.
"한 번 조장은 죽을 때까지 조장이지?"
"물론이다."
"그럼 됐어. 이제 술 먹자."
북설은 동료들과 아란 등을 냉랭하게 쓸어보았다.
"모두들 반대 없지? 있어?"
물론 반대하는 사람은 없지만 있다면 북설 손에 맞아죽을 것만 같았다.

마침내 술자리가 거하게 펼쳐졌으며, 술자리는 완전히 무영단원들과 아란이 주도했다.

이곳에 있는 사람들은 색깔이 완전히 다른 세 부류다. 도단야 쪽이 대나무처럼 꼬장꼬장하다면, 연화곤 쪽은 고고한 난초 같았다.

그러나 무영단원들과 아란 등은 잡초며 들꽃이다. 짓밟혀도 바람보다 먼저 일어나서 어디 또다시 짓밟아보라고 아우성을 쳐댄다.

대무영은 물론이고 연조까지 당연히 무영단원 쪽 성향이다. 도단야 등은 대무영이 술 마시며 질펀하게 노는 모습을 보고, 또한 연화곤 등은 얌전하던 연조의 엉망으로 망가진 모습을 보면서 놀라워했다.

그러나 도단야 쪽과 연화곤 쪽 사람들도 처음에는 눈살을 찌푸렸으나 시간이 지날수록 대무영과 무영단원들에게 동화되어 갔다.

그렇게 술 마시며 노는 것이 너무도 신나게 보였으며 실제 같이 섞여보니까 그야말로 최고였다.

낙수 강물 위에 두둥실 흘러가는 꽃다운 내 청춘아.
처량한 내 신세는 캄캄한 밤중에 사공 없는 쪽배로다.
한겨울이 춥지 않고서는 어찌 봄이 따스하겠느냐마는
우리네 봄은 과연 언제 오려는가.

누가 먼저 부르기 시작했는지 이윽고 대무영과 연조, 무영단원들과 아란, 청향이 목소리를 높여서 낙수천화의 노래를 합창했다.

노래가 끊이지 않고 계속되면서 주흥이 도도해지자 도단야 등과 연화곤 등도 어깨동무를 하고 같이 불렀다.

대무영은 코가 비틀어지도록 술을 마시면서 고함을 지르는 것처럼 낙수천화의 노래를 부르면 부를수록 해란화가 자꾸만 생각이 났다.

* * *

하북성(河北省) 북경(北京).

북경제일거부인 금천대인(金天大人)의 장원이 금천장(金天莊)이다.

황도(皇都)인 북경에서 제일거부라면 천하제일의 거부라는 뜻이기도 하다.

그러나 금천대인이 몇 달 전에 알거지가 됐다는 사실을 알고 있는 사람은 거의 없다.

"음……."

마학사 적사파울은 아까부터 태사의에 몸을 파묻은 채 무겁고 깊은 신음만 흘려내고 있다. 그거밖에는 할 일이 없기 때문이다.

그의 최측근 좌우천계주에게 관과 무림청까지 동원하라고 명령했으나 지금까지 티끌만 한 단서조차 찾아내지 못하고 있는 실정이다.

적사파울은 넉 달 전 남금창에 나타났을 때하고 똑같은 화려한 복장을 하고 있으나 그때에 비해서 매우 수척한 모습이다.

남북금창이 털린 것만 생각하면 밥맛도 없고 잠도 오지 않으며, 머릿속에 온통 도둑맞은 금화와 보물만 가득 차 있고,

두 가지 선택　257

도대체 어떤 놈이 그런 짓을 했는지 알 수가 없어서 요즈음에는 사는 게 사는 것 같지 않았다.

그는 관과 무림청까지 마음대로 주무를 정도의 실력자다. 순전히 돈의 힘이다.

그런데 지금은 예전 같지 않다. 그나마 갖고 있던 푼돈은 넉 달 만에 다 소진되어 버렸다.

이제는 당장 이번 달부터 그에게 입을 벌리고 있는 수천 명에게 뇌물을 줄 수 없게 돼버렸다.

적사파울은 두 가지 야망을 품고 있으며 그중 하나가 돈으로 천하를 장악하자는 것이다.

그리고 또 하나는 선대로부터 이어온 사명이다. 즉, 발해의 잔당들을 찾아내서 죽이는 일이다.

원래는 야망이라고 할 것도 없는 선대로부터 물려받은 사명만이 그가 할 일이었다.

그러나 그는 욕심이 많은 사람이므로 사명감만으로는 성이 차지 않았다.

그래서 순전히 자신 만의 야망인 '돈으로 천하를 장악하겠다.'는 계획을 오래전부터 키워왔었다. 그래서 악착같이 돈을 벌어서 모았었다.

그렇지만 남북금창이 뿌리째 뽑혀 버린 지금 그의 야망은 백척간두(百尺竿頭)에 놓여 있다.

계속 신음만 흘리던 적사파울은 문득 둘째 딸 적명이 생각나서 단하에 시립해 있는 호위고수에게 물었다.
 "명아에게서는 아직도 소식이 없느냐?"
 "그렇습니다."
 적명에게는 대무영에 대해서 샅샅이 조사하라고 명령했었다. 적명이 아무 연락도 하지 않는다는 것은 보고할 것이 없다는 뜻이다.
 그녀는 예전부터 그랬다. 무슨 일이 있어야지만 아비에게 연락을 했다.
 적사파울은 씁쓸한 표정을 지었다. 이미 오래전에 죽어버린 놈을 조사하라고 했으니 뭐가 나오겠는가 하는 생각이 든 것이다.
 둘째 딸 적명이 어떤 아이인가. 어렸을 때부터 아비의 속은 한 번도 썩이지 않았으며 커서도 백무일실 한 치의 빈틈도 없이 시키는 일마다 제대로 처리했었다.
 그런 적명이 대무영에 대해서 넉 달이 넘도록 아직껏 아무것도 찾아낸 것이 없다면 그놈은 죽은 것이 분명하다. 괜한 걱정을 했다.
 "명아를 불러들여라."
 "명을 받듭니다."
 적명에 대한 생각은 그렇게 일단락을 짓자마자 적사파울

의 머릿속은 또다시 기다렸다는 듯 걱정과 분노가 파도처럼 밀려들었다.

남북금창을 턴 괴인물에 대한 분노와 빈털터리가 된 현재 상황에 대한 걱정이다.

현재로썬 별다른 정보제공 같은 것이 없어도 달마다 수금이 들어오는 보천기집 만이 유일한 수입원이다.

매월 은자 오륙천만 냥 정도가 들어오는데, 적사파울 휘하의 조직들에 필요한 돈과 세도가들에게 들어가는 뇌물, 그리고 천하에 흩어져서 정보를 수집해 주는 자들에게 지급되는 녹봉 등등으로 나가는 돈이 매월 오억 냥 이상 잡아먹는다. 그러므로 오천만 냥으로는 어림도 없다.

남북금창의 돈을 찾지 못한다면 적사파울의 야망은 이로써 끝장이다.

탁!

"음! 아무리 생각해도 그놈들이 분명하다!"

적사파울은 팔걸이를 세게 내려쳤다.

"동이족 놈들 짓이야……!"

그는 발해와 고구려 유민들을 싸잡아서 동이족이라고 부른다.

분노로 그의 턱수염이 떨렸다.

"동이족 놈들을 때려잡아야겠어."

그는 뭔가 결심을 하고 허리를 곧추세웠다.

"야울탄(野亐彈)을 불러라."

야울탄. 그의 외아들인 적야울탄은 발해 왕자를 찾고 고구려 유민을 찾아 죽이는 척동대의 대주다.

第六十五章
대동이단(大東夷團)

한 달 후, 무창포구.
'저 배.'
포구를 서성거리던 적명의 수하 중 한 명은 무엇을 발견하고 반짝 눈을 빛냈다.
적사파울의 둘째 딸 적명에겐 네 명의 심복 수하가 있으며 모두 여자다.
그녀들은 대천계의 두 번째 등급인 명계의 네 명의 명계주들이고, 휘하에는 각 백 명의 여고수를 거느리고 있다.
지금 이곳 무창포구에 있는 것은 삼명계주(三明界主)이며

이 근처에 그녀의 수하 백 명이 쫙 깔려 있다.

그녀가 지금 쏘아보고 있는 것은 포구에 정박해 있는 한 척의 배다.

매우 큰 배지만 그 정도 배는 무창포구처럼 큰 곳에서는 발에 채일 정도로 흔하다.

삼명계주는 주시하고 있는 배에서 시선을 떼지 않은 채 천천히 걸어갔다.

포구는 짐을 가득 실은 수레와 마차, 등짐을 진 일꾼이 많이 오가고 있어서 발 디딜 틈조차 없다.

그런데도 앞만 주시하고 걸어가는 삼명계주는 아무하고도 부딪치지 않았고 걸음을 멈추지도 않았다.

짙은 녹색의 비단 경장을 입었고, 머리에는 띠를 둘렀으며, 허리에는 가죽 허리띠와 발에는 값비싼 송아지가죽 신발을 신고 어깨에 훌륭한 장검을 메고 있는 사람은 남녀를 불문하고 강호인이다.

더구나 삼명계주처럼 비단옷에 말쑥한 차림이면 강호인 중에서도 특권층으로 통한다.

포구 사람들도 보는 눈이 있고 듣는 귀가 있기에 그런 강호인 특권층을 잘못 건드렸다가는 목숨이 열 개쯤 있어도 모자라다는 사실을 알고 있다. 그래서 지레 알아서 삼명계주를 피해가는 것이다.

삼명계주는 목적으로 삼은 배 가까이 다가가서 앞부터 뒤까지 세밀하게 살피고 나서 결론을 내렸다.

'북금창의 운송선이 틀림없다.'

그녀는 한때 북금창에서 지냈던 적이 있었다. 그녀의 임무는 보천기집에서 수금한 돈이 북금창에 들어오면 그것을 배에 싣고 나가서 적사파울에게 전달하는 것이었다.

그러면 적사파울은 은자를 금화나 보물로 바꿔서 차곡차곡 일정한 분량이 될 때까지 쟁여두는데, 삼명계주가 다시 그것을 싣고 북금창에 옮겼었다.

그 당시에 삼명계주가 사용했던 배가 지금 그녀가 살펴보고 있는 이 배가 틀림없다.

일 년 넘게 늘 타고 돌아다녔던 배를 그녀가 알아보지 못할 리가 없다.

언뜻 봐서는 전혀 다른 배 같았다. 그러나 자세히 살펴보니까 여기저기 손질을 많이 한 흔적이 엿보였다. 더구나 손질한 시기가 그다지 오래 지나지 않았다.

그렇게 배에 공을 들였다는 것은 뭔가를 은폐하려는 수작이 분명하다.

아마도 북금창의 배라는 것을 은폐하려는 것이겠지만, 오늘 운 좋게도 삼명계주의 눈에 띄었다. 물론 이 배에 타고 있는 놈들은 저승사자를 만난 것이겠지만,

삼명계주는 고개를 젖혔다. 배의 높은 돛에 펄럭이고 있는 깃발에는 발이 셋 달린 까마귀 그림이 선명했다.

'흐흐흐… 삼족오라는 말이지?'

그녀는 이 배가 북금창에서 도둑맞은 바로 그 배이며, 또한 고구려인들의 대동부하고 깊은 연관이 있을 것이라고 굳게 믿었다. 삼족오 깃발이 그 증거다.

'횡재다.'

삼명계주는 속으로 쾌재를 부르면서 가볍게 어깨를 흔들어서 신형을 솟구쳤다.

슛—

"흐익!"

주위에 있던 포구사람들은 삼명계주가 갑자기 꼿꼿하게 사 장 높이로 솟구치자 혼비백산했다.

오늘은 만당과 두 명의 동료가 배를 지키고 있다.

다른 동료 일곱 명은 가족들을 만나러 집으로 갔다. 원래 집은 형하구 근처의 빈촌이었으나, 얼마 전에 무창포구 근처에 집 네 채를 구해서 세를 들어서 살고 있다.

말이 셋집이지 각 집마다 한 달에 무려 은자 삼십 냥씩이나 월세로 주기 때문에 포구 근처에서도 상급에 속하는 번듯한 집이다.

한 집에 방이 열 개 이상이고 주방에 마당과 창고까지 두루 갖추고 있어서 두세 가족이 한데 어울려 살아도 전혀 불편하지 않았다.

예전 빈촌에서 지지고 볶으면서 살던 때에 비하면 그야말로 황궁이나 다름이 없다.

연조는 만당과 동료들에게 다른 지시가 있을 때까지 무창포구에서 기다리고 있으라면서 무려 은자 만 냥을 주었다.

그 덕분에 만당과 아홉 명의 동료는 가족들과 함께 호의호식하면서 편안하게 지내고 있다.

기다리는 일은 전혀 지루하지 않다. 연조가 무창포구에서 기다리라고 했으면 만당 등에게 무언가 중요한 일을 시키려는 것이 분명하다.

만당 등은 대무영 눈에 들어서 그의 일꾼이 된 것이 정말 천행이라고 여겼다.

대무영과 함께하는 한, 앞으로는 힘든 일거리라도 얻으려고 포구에 나와서 기웃거리며 악다구니를 쓸 필요도 없으며, 가족을 굶기는 가슴 아픈 일도 없을 것이다.

그러니까 만당으로서는 하늘이 두 쪽 난다고 해도 대무영의 명령을 지켜야만 한다.

그뿐만이 아니다. 만당 등이 봤을 때 대무영과 그 일행은 절대로 평범한 사람이 아니다. 뭔가 대단한 일을 하고 있는 것이 분명했다.

그러므로 만당 등도 그 대단한 일에 힘을 보태고 있는 것이라는 생각에 뿌듯하기만 하다.

만당은 선실 탁자 앞에 앉아서 다향을 음미하며 차를 마시고 있는 중이다.

예전에는 차 같은 것을 마실 줄 몰랐었는데 요즘은 생활이 풍족하고 여유가 생기다 보니까 차를 마시는 호사스러운 습관도 조금씩 누려보고 있다.

함께 배를 지키는 두 명의 동료는 배를 둘러보고 오겠다면서 나갔다.

구태여 둘러볼 것도 없다. 그냥 한 바퀴 휘 돌아보고 오면 그만이다.

그들은 배를 둘러보는 것보다는 '이 배가 우리 배다!' 라고 으스대려는 의도가 더 크다.

쿠당탕!

"우왁!"

"와악!"

그런데 갑자기 문이 벌컥 열리면서 실내로 두 개의 시커먼 물체가 날아 들어와서 바닥에 거칠게 나뒹굴었다.

"으헛!"

만당이 깜짝 놀라서 들고 있던 찻잔을 쏟으며 벌떡 일어나서 보니 바닥에 쓰러져 있는 것은 배를 둘러보러 나갔던 두 명의 동료다.

둘 다 얼굴이 수레바퀴에 밟힌 것처럼 짓뭉개진 처참한 모습이니 공격을 당한 게 분명했다.

그러나 소스라치게 놀란 만당은 두 명의 동료에게 달려갈 수가 없었다.

뒤이어서 성큼성큼 들어오고 있는 한 명의 녹의 경장녀를 발견한 것이다.

한눈에도 대단한 강호인으로 보이는 녹의 경장녀가 두 명의 동료를 저 지경으로 만들었을 것이라는 직감과 변고가 닥쳤다는 위기감이 만당을 사로잡았다.

하지만 만당으로서는 지금 이 순간 어떻게 대처해야 할지 갈피를 잡지 못했다. 이런 일을 당해본 경험이 전무하기 때문이다.

상대는 여자라고 해도 강호인이다. 힘으로는 절대로 당할 수가 없다는 판단이 섰다.

두 명의 동료 오진(吳進)과 노달도(盧達道)는 죽어가는 신음을 흘리면서 바닥에 쓰러진 채 버둥거리기만 할 뿐 일어나질 못했다.

강호인 삼명계주의 날카로운 시선이 만당에게 향했다.

"너희들의 주인은 어디에 있느냐?"

그녀는 하잘 것 없는 만당 등이 이 배의 주인이라고는 터럭만큼도 생각하지 않았다.

만당은 반사적으로 이 여자가 대무영에게 볼일이 있는 것인지도 모른다는 생각이 들었다.

그렇다면 절대로 이 여자 불청객의 요구에 따라줘서는 안 된다고 결심했다.

"소인이 주인입니다."

만당은 이 장 앞에 도도하게 서 있는 삼명계주에게 될 수 있는 한 최고로 공손히 대답했다.

퍽!

"끅!"

여자는 분명히 이 장 앞에 서 있었는데 만당은 갑자기 가슴이 쪼개지는 극심한 충격을 받으면서 뒤로 붕 날아갔다가 나뒹굴었다.

"끄으으……."

어떻게 된 건지 숨을 쉴 수가 없다. 눈이 튀어나올 것만 같고 온몸의 피가 얼굴로 몰렸다.

삼명계주는 슬쩍 아미를 찌푸렸다. 공력은 전혀 사용하지 않고 발끝으로 슬쩍 명치를 건드렸을 뿐인데 이 지경이라니, 조금만 더 세게 쳤으면 즉사했을 것이다.

그래서 그녀는 될 수 있으면 이들을 더 이상 때리지 말고 겁만 주면서 실토를 받아내야겠다고 생각했다.

더구나 만당이 일각이 지나서야 간신히 말을 할 수 있는 상태가 되는 것을 보고는 삼명계주는 어이없다는 표정을 지었다.

만당과 오진, 노달도 세 사람은 바닥에 나란히 무릎을 꿇고 앉았는데 얼굴에는 공포가 가득했다.

배를 둘러보다가 삼명계주에게 얼굴을 한 대씩 맞고 끌려온 오진과 노달도는 눈이 붓고 코가 깨졌으며 이빨이 부러진 참담한 몰골이다.

조금 전에 만당은 삼명계주의 발길질에 가슴을 채였을 때 입에서 피를 한 사발이나 쏟았다.

그는 살 떨리는 공포를 느꼈으나 그것보다는 무슨 일이 있어도 눈앞의 여자에게 실토하지 말아야 한다는 각오가 더 강했다.

물론 여자가 무엇을 물어볼지 알 수 없지만 무조건 잡아떼야만 한다. 그래서 일부러 더욱 공포스럽고 겁에 질린 표정을 지었다.

세 사람 앞쪽에 삼명계주가 탁자 옆 의자에 앉아서 발을 꼬고 발끝을 까딱거렸다.

삼명계주는 세 명을 싸늘하게 쏘아보며 중얼거렸다.

"자, 이 배의 주인이 누군지 누가 말할 테냐? 말하는 놈은 살려주겠다."

만당은 흠칫했다. 살려주겠다고 하면 오진이나 노달도가 실토할지도 모르기 때문이다.

"소… 인이 말씀 드리겠습니다……."

입이 짓뭉개진 노달도가 피를 줄줄 흘리면서 굽실거렸다.

만당은 다급하고 착잡해졌다. 자신이 알고 있는 것이라면 노달도나 오진도 다 알고 있다.

대무영이나 그의 일행에 대해서 자세한 것은 모르지만 알고 있는 것만 실토해도 큰일 날 것 같았다.

삼명계주가 코앞에서 빤히 보고 있으므로 만당은 노달도를 쳐다보지도 못했다.

단지 이토록 쉽게 굴복하고 마는 노달도가 한없이 저주스러운 심정이다.

"이 배는 우리… 세 명이 공동주인입니다……. 지금은 배를 쓸 상인을 기다리고 있습죠… 네……."

입이 짓이겨져서 말이 불분명한 노달도는 부러진 이빨을 줄줄 흘리며 울상으로 말했다.

'잘한다! 달도!'

만당은 속으로 힘차게 응원을 보냈다.

"이 자식!"

그때 삼명계주가 천천히 몸을 일으켰다. 그녀는 노달도에게 걸어가며 싸늘하게 중얼거렸다.

"한 놈 죽어야 정신을 차리겠구나. 그런 걸 원한다면 그리 해 주마."

삼명계주가 만당의 앞을 지나쳐서 걸어가고 있다. 거리는 불과 반걸음 밖에 안 된다.

스치듯이 지나가고 있는 순간 만당은 생각하는 것보다 행동을 먼저 취했다.

무릎을 꿇고 허리를 세운 자세에서 앞으로 벼락같이 덮치면서 삼명계주의 하체를 끌어안았다.

확!

제아무리 삼명계주라고 해도 채 반걸음이 안 되는 곳에서 온몸을 던져 부딪쳐 오는 만당을 피할 수는 없었다.

더구나 하찮은 벌레 같은 놈들이 급습을 할 줄은 전혀 예상하지 못했다.

"엇?"

쿵!

"오진! 달도! 어서 이년을 죽여라!"

만당은 삼명계주의 허벅지와 둔부를 두 팔로 힘껏 결사적으로 끌어안고 바닥에 나뒹군 채 악을 썼다.

"이… 이놈……."

너무 졸지에 일어난 일이고, 만당이 찰싹 달라붙어 있어서 삼명계주는 순간적으로 당황했고 어떻게 뜯어내야 할지 방법이 생각나지 않았다.

오진과 노달도는 벌떡 일어났으나 삼명계주가 눈에서 시퍼런 살기를 뿜어내면서 두 팔을 허우적거리듯 휘두르자 감히 다가서지 못했다.

삼명계주가 오진과 노달도를 경계하느라 정신을 팔고 있는 사이에 만당은 바로 코앞에 있는 그녀의 옆구리를 있는 힘껏 깨물었다.

"악!"

삼명계주는 뾰족한 비명을 터뜨리며 만당의 머리를 움켜잡고 거칠게 뜯어내면서 뿌리쳤다.

쾅!

만당은 실내를 가로질러 맞은편 벽에 부딪쳤다가 바닥에 모질게 나뒹굴었다.

그런데 만당의 입에는 피가 뚝뚝 흐르는 옷 조각과 살덩이가 한입 가득 물려 있었다.

삼명계주의 옆구리를 물었다가 그녀가 힘으로 집어던지니까 그대로 그녀의 옆구리를 물어뜯은 것이다.

"으으… 이놈들! 죽여 버리겠다!"

삼명계주는 퉁기듯이 일어나는 동작으로 곧장 만당을 향해 덮쳐가며 눈에서 살기를 뿜었다.

그녀의 왼쪽 옆구리의 살이 뭉텅 떨어져 나간 곳에서 피가 철철 흘렀다.

그녀가 만당을 죽이기 위해서는 구태여 검을 사용하지 않아도 된다.

주먹이든 발길질이든 아무 곳이나 한 대만 적중시키면 그것으로 즉사하고 말 것이다.

만당은 바닥에 쓰러진 채 자신을 향해 다가오는 삼명계주를 독한 눈빛으로 쏘아보았다.

지금이야말로 꼼짝도 하지 못하고 당할 수밖에 없다는 절망감이 엄습했다.

"이 배에는 사람이 없나?"

그때 밖에서 누군가의 외침이 들렸다. 카랑카랑한 쇳소리 같은 여자의 목소리다.

삼명계주는 덮쳐가던 동작을 뚝 멈췄다. 그와 동시에 그녀는 잠시 잊고 있었던 자신의 목적을 기억해냈다.

"물건을 좀 실어 옮겨야 하는데 이 배를 빌릴 수 있나?"

조금 전보다 가까워진 목소리를 듣고 만당은 그것이 북설의 특이한 목소리라는 것을 알아차렸다. 만당뿐만이 아니라 오진과 노달도 역시 북설의 목소리를 알아듣고 온몸이 기쁨으로 팽팽해졌다.

삼명계주는 바짝 긴장한 표정으로 어깨의 검파를 잡고 천천히 문 쪽으로 다가갔다.
 척!
 그때 문이 활짝 열리고 북설을 선두로 이반, 용구 세 사람이 들어서다가 삼명계주를 발견했다.
 "당신이 이 배 주인인가?"
 북설은 삼명계주에게 묻고 나서 피가 흐르고 있는 그녀의 옆구리를 보며 눈살을 찌푸렸다.
 "당신들 싸우는 중인가?"
 삼명계주는 순간적으로 어떻게 대답해야 할지 갈피를 잡지 못했다.
 북설 등이 강호인으로 보이기는 하지만 물건을 싣겠다고 말했었기 때문에 도대체 무엇을 하는 자들인지 판단이 서지 않았다.
 "너는 겁이 없는 계집이로구나."
 "앗!"
 그런데 갑자기 삼명계주 바로 뒤에서 묵직하고 굵은 남자의 목소리가 들리자 그녀는 움찔 놀라 번개같이 뒤를 향해 주먹을 날렸다.
 "끅……"
 그러나 그보다 먼저 하나의 커다란 손이 뒤쪽에서 그녀의 목을 덥석 움켜잡아 버렸다.

"감히 내 사람들을 괴롭히다니, 그러고도 살기를 바라는 것이냐?"

손의 주인 대무영은 오른팔을 허공으로 쭉 뻗으며 삼명계주를 꾸짖었다.

선실의 창이 열려 있는데 그는 그곳을 통해서 들어왔다. 그는 배에 들어서다가 선실에서 흘러나오는 말을 듣고 만당 등이 위기에 처한 것이라고 짐작하고는 선실 창으로 향했으며, 북설이 임기응변으로 소리를 질러서 삼명계주의 행동을 멈추게 한 것이다.

대무영은 삼명계주의 목을 잡은 채 북설 등에게 지시했다.

"너희는 저 친구들을 살펴봐라."

북설과 용구, 이반은 만당과 오진, 노달도에게 다가가는데 북설이 만당 앞에 쪼그리고 앉으며 손가락으로 그의 이마를 쿡쿡 찌르며 키득거렸다.

"만당, 너는 조금만 눈에 안 띄면 사고를 당하는구나."

만당은 입에서 피를 흘리면서도 껄껄 웃었다.

"하하하! 북 여협께서 오실 거라고 짐작했습죠! 우욱!"

만당은 호걸처럼 껄껄 웃다가 신음을 토했다. 가슴이고 등짝이고 아프지 않은 곳이 없었다.

대무영은 오른손에서 왼손으로 삼명계주의 목을 바꿔 잡으면서 그녀의 몸이 앞으로 오도록 했다.

삼명계주는 원래 예쁘장한 용모였으나 지금은 귀신을 방불케 하는 모습이다.

얼굴에 피가 잔뜩 몰려 시뻘개져서 빵빵하게 터질 것 같았으며 두 눈은 튀어나올 듯했고 벌어진 입에서는 침이 질질 흘렀다.

"끄으으……"

그녀는 두 팔과 다리를 마구 버둥거리면서 대무영을 공격했으나 긴 팔을 지닌 대무영의 몸에는 스치지도 않았다.

"목이 부러지고 싶으냐?"

대무영이 조용한 목소리로 말하자 삼명계주는 발버둥을 뚝 멈추었다.

몸부림치는 것이 무의미하다는 것을 깨달은 것이다. 대무영의 말마따나 그가 손에 약간의 힘만 주면 그녀의 연약한 목은 맥없이 부러지고 말 터이다.

목이 죄어 숨을 쉬지 못하고 눈알이 튀어나올 것 같은 상황에서도 그녀는 냉철하게 판단했다.

지금 무의미한 발악을 하다가 죽는 것보다는 놈의 말을 잘 듣는 척하면서 급습을 해야겠다는 생각을 했다. 그녀도 조금 전에 만당 같은 형편없는 놈에게 급습을 당해서 옆구리를 물어 뜯겼지 않은가.

삼명계주가 잠잠해지자 대무영은 목을 잡은 손에 약간 힘을 빼고 빙그레 미소 지었다.
"말귀를 알아듣는구나."
삼명계주는 대무영이 이렇게 빨리 손에 힘을 빼고 방심할 줄은 몰랐다.
급습을 할 기회는 너무도 빨리 찾아왔다. 그러나 완벽한 기회를 위해서 그녀는 조금 더 기다리기로 했다.
그리고 그 기회는 너무도 빨리 찾아왔다. 대무영이 그녀를 바닥에 내려놓은 것이다. 그러나 그냥 내려놓은 것이 아니라 패대기를 쳤다.
콰직!
"악!"
삼명계주는 그 한 번의 패대기에 팔다리가 여지없이 부러져 버렸다.
"내 사람들을 괴롭힌 벌이다."
대무영은 고통스러운 신음을 흘리며 바닥에서 꿈틀거리고 있는 삼명계주를 굽어보며 차갑게 말했다.
한쪽에서 북설 등의 보살핌을 받고 있는 만당과 오진, 노달도는 대무영의 말에 크게 감동했다.
또한 자신들이 대무영의 사람이라는 말에 기쁨을 금치 못하고 눈물을 글썽였다.
그래서 삼명계주의 협박에 목숨을 걸고 끝까지 버티기를

정말 잘했다고 생각했다.

대무영은 삼명계주에게서 몇 가지 중요한 사실을 알아낼 수 있었다.

대무영과 무영단원들은 지금까지 여러 명을 고문해 본 경험이 있기 때문에 팔다리가 부러진 삼명계주쯤 다루는 것은 별로 어렵지 않았다.

삼명계주는 지독한 고통에서 벗어나기 위해서 자신이 알고 있는 것들을 죄다 토해냈다.

그녀는 많은 것을 알고 있지 못했으나, 그녀가 알고 있는 것만으로도 대무영에게 큰 도움이 될 것 같았다.

적사파울은 대천계 최고 등급인 천계의 두 명의 우두머리 좌우천계주에게 관과 무림청을 동원해서 남북금창을 습격한 자를 찾아내라 지시했다고 한다.

그것은 적사파울이 관과 무림청을 마음대로 부릴 수 있다는 사실을 뜻한다.

그리고 그가 아직 남북금창을 습격한 인물이 누군지 모르고 있다는 의미이기도 했다.

또 한 가지. 적사파울은 자신의 둘째 딸이며 대천계의 두 번째 등급 명계의 최고우두머리인 총명주 적명에게 대무영에 대해서 알아보라고 지시를 내렸다는 것이다.

적사파울은 대무영이 죽은 것으로 믿고 있으나 그래도 확인해 보는 차원에서 그렇게 지시했다고 한다.

 그래서 적명은 수하들을 이끌고 대무영의 본거지라고 할 수 있는 낙양의 하남포구와 낙수천화에서부터 이 잡듯이 샅샅이 뒤졌으나 대무영의 흔적이나 그와 연관된 사람은 아무도 발견할 수 없었다고 한다.

 하남포구에서 대무영을 기다리고 있던 아란과 청향, 용구 등을 그가 번성현으로 불러들인 것이 먼저인지, 아니면 적명이 하남포구를 수색한 시기가 먼저인지는 모르지만 그야말로 위기일발이었다.

 적사파울이라면 대무영에 대해서 모르는 것이 없으므로 아란이나 청향에 대해서도 잘 알고 있을 것이다. 적명도 그런 충분한 정보를 갖고 있었을 테니 그녀나 그녀의 수하들이 아란 등을 봤다면 즉시 알아봤을 것이고 큰일이 일어날 뻔했다.

 대무영은 고구려인들을 향격리랍으로 이주시키는 대계획을 드디어 실행에 옮겼다.

 그래서 그 첫 번째로 자신이 고구려 유민 오백 명을 이끌고 향격리랍으로 가겠다고 직접 나섰으며, 이번 장도에는 많은 사람이 함께했다.

대무영을 비롯하여 무영단원 전원과 도단야의 오 남매와 배우자까지 열 명, 그리고 연조의 부친 연왕 연화곤과 두 아들까지 총동원됐다.

번성현 포구에 정박해 있던 삼족오이선에는 가까운 호북성 동북지방 번성현 인근의 고구려 유민 이백오십여 명을 태우고 한수를 따라 남하하고 있는 중이다.

대무영은 무창포구에서 대기하라고 명령한 만당의 삼족오일선에 무창에 살고 있는 고구려 유민 이백오십 명을 태우고 출발하려고 이곳으로 온 것이다.

삼명계주의 느닷없는 출현으로 불안을 느낀 대무영은 도고와 도구, 그리고 두 사람의 부인에게 무창포구 근처를 살펴보라고 지시했으며, 그들은 한 시진 만에 배로 돌아와서 보고했다.

"대군께서 말씀하신 명계의 여고수로 보이는 자는 포구에 십여 명 정도 있지만 삼족오일선을 의심하는 것 같지는 않았습니다."

삼명계주는 자신의 수하들이 포구를 중심으로 근처를 수색하고 있다고 실토했었다.

도고가 조심스럽게 말했다.

"대군, 아무래도 이곳에서 많은 사람을 태우는 일은 어려울 것 같습니다. 다른 곳으로 이동하는 것이 좋겠습니다."

"내 생각도 그러네. 그런데……."

대무영은 삼명계주가 실토한 내용 중에서 마지막 한 가지의 유혹을 뿌리치지 못했다.

그것은 무창성 내 모처에 적사파울의 둘째 딸인 적명이 있다는 정보였다.

대무영은 적명을 생포하고 싶은 것이다. 만약 운이 좋아서 그녀를 잡으면 적사파울에 대해서 많은 것들을 알아내게 될 터이다.

* * *

대무영은 삼족오일선을 장강 상류 쪽으로 십여 리쯤 떨어진 작은 포구인 한양(漢陽)으로 보냈다. 그곳은 무창포구의 절반쯤 되는 규모의 포구라서 그곳에서 고구려 유민들을 실어도 별문제가 없을 것 같았다.

도고는 고구려 유민들과 함께 있는 동생들에게 전서구를 보내 그들을 한양으로 오도록 했다.

삼명계주는 혈도가 제압되어 엄중한 감시하에 삼족오일선 선창 밀실에 감금되었다.

삼명계주는 적명이 무창성 남문인 보안문(保安門) 근처의 중평장(中平莊)이라는 곳에 머물고 있다 했다.

적명은 부친 적사파울에게 남금창과 주변을 다시 조사하라는 명령을 받고 네 명의 계주와 사백 명의 휘하 여고수를 모두 이끌고 열흘 전에 이곳에 도착했었다.

대무영은 연조가 따라오겠다고 하는 것을 삼족오일선을 지휘하라면서 떼어놓고 혼자 배를 떠났다.

한 달 전에 번성현 면막원에서 대무영 이하 모든 사람이 모인 자리에서 고구려인들 모임의 명칭을 무엇이라고 부르면 좋겠느냐는 말이 나왔었다.

그때 여러 개의 명칭이 나왔으며 그중에서 압도적인 지지를 얻은 것이 '대동이(大東夷)'였다.

대동부는 원래 도단야가 자식들을 주축으로 하여 적사파울에 대항하기 위해서 조직했었다.

그 대동에 동이족의 '이(夷)'를 넣었다. 그렇게 대동이단(大東夷團)이 결성되었다.

전원의 추대를 받아서 대무영이 대동이단의 최고우두머리 단군(團君)의 지위에 올랐으며, 그는 한 명의 부단군(副團君)으로 연조를, 그리고 두 명의 차단군(次團君)에 도고와 연화곤을 임명했다.

단군인 대무영이 부재 시에는 부단군인 연조가 무리를 이끌어야 하기 때문에 그녀를 배에 남겨두었다.

대무영은 그동안 연조를 가까이에 두고 같이 행동하면서 그녀에게 자신이 알지 못했던 여러 탁월한 능력이 있다는 사실을 깨달았다.

 그랬기에 그는 연조에게 삼족오검법의 청삼족오검법을 전수했던 것이다.

 원래 청삼족오검법은 그녀의 몫이다. 천지검을 남긴 선대의 천기연이 그녀를 지목했었다.

第六十六章
악마의 딸

중평장에 적명이 있을지 없을지 모른다.

그녀가 없다면 무작정 기다릴 수는 없다. 삼족오일선이 한양포구에서 기다리고 있을 것이기 때문이다.

적명을 잡는 일 때문에 많은 사람을 기다리게 할 수도, 이주계획에 차질을 빚을 수도 없다.

또한 이백오십여 명의 고구려 유민까지 있으므로 중평장에 적명이 없다면 미련 없이 발길을 돌려야만 한다.

중평장을 찾는 일은 그다지 어렵지 않았다. 성내 남쪽 무유지(撫柔池)라는 호숫가에 십여 채의 장원이 한 줄로 길게 늘어서 있는데, 그중에서 가장 끝에 있는 장원의 전문 현판에 중평장이라고 적혀 있었다.

 대낮이라서 잠입하는 것이 쉽지 않겠지만 어떻게든 장원 안으로 들어가야만 한다.

 대무영은 바쁜 볼일이 있는 사람 같은 빠른 걸음걸이로 중평장 전문 앞과 담 끝을 지나서 이백여 장이나 더 갔다가 오른쪽의 숲으로 들어갔다.

 뒤돌아서 보니까 그가 있는 숲이 저만치 중평장 뒤쪽으로 이어져 있었다.

 중평장 뒤의 숲은 그리 우거지진 않았으나 높은 소나무가 더러 있고 나뭇가지가 휘늘어져서 그가 잠입할 때 모습을 충분히 가려줄 수 있을 듯했다.

 대무영은 여전히 경공술을 하지 못한다. 지금까지 한 번도 경공술을 배운 적이 없기 때문이다.

 대신 그는 두 다리로 힘차게 달린다. 그의 다리는 철각(鐵脚)이나 다름이 없다.

 경공술이라는 것도 어차피 두 다리를 사용한다. 초식이나 수법에 따라서 다소 차이는 있지만 내공을 두 다리로 보내서 경공을 전개한다는 점에서는 대동소이하다.

 대무영은 어렸을 때 무술을 처음 배울 때부터 무조건 두 다리로 달렸었다.

경공을 최고로 많이 전개하면서 무술 수련을 한 사람보다 열 배는 더 달렸을 것이다.

그러므로 그의 두 다리는 보통 다리가 아니다. 현재 그의 달리는 속도는 일류고수를 훨씬 능가할 정도다.

이즈음의 그는 달릴 때 외공기를 두 다리에 주입해서 훨씬 빠르게 달리는 방법을 터득하고 있었다.

뿐만 아니라 뛰어오르거나 한 번에 멀리 뛰는 도약 같은 동작도 순전히 다리와 외공기 힘만으로 하는데도 상상을 초월하는 수준이다.

그는 중평장의 일 장 높이 뒷담을 단숨에 넘은 후 전각 뒤쪽의 후미진 곳만을 택하여 장원을 돌면서 적명이 있을 만한 곳들을 돌아다녔다.

잠입하기 전에 예상했던 것하고는 달리 장원 내부는 경계가 전혀 없었다.

하긴 강호에는 대천계라는 조직이 전혀 알려져 있지 않았으며, 또한 적명이 무창에서 활동하는 것과 연관이 있는 강호인이 누가 있겠는가. 그러므로 구태여 장원을 경계할 필요가 전혀 없을 것이다.

그래도 대무영은 전각 안에서 내다보일 만한 위치로는 절대 모습을 드러내지 않고 적명을 찾기 위해서 장원 내를 무인

지경처럼 돌아다녔다.

그러나 이따금 하인이나 하녀들이 전각을 드나드는 모습만 보일 뿐이지 적명이나 그녀의 수하로 보이는 여고수는 한 명도 없었다.

그래서 대무영은 적명이 장원 내에 없거나 아니면 삼명계주가 잘못 알고 있는 것인지도 모른다고 생각했다.

삼명계주가 거짓 실토를 하지는 않았을 것이다. 그런 지독한 고통을 당하면서도 거짓 실토를 할 만큼 의지가 굴강한 여자는 아니었다.

대무영은 장원을 세 바퀴나 돌고 나서도 적명을 찾지 못하고 어떤 전각의 모퉁이에 멈췄다.

'없는 건가?'

중평장이 적명의 숙소이기는 해도 그녀가 이곳에 꼭 붙어 있으라는 법은 없다. 외출을 할 수도 있는 것이다.

삼족오일선이 무창포구를 떠나는 것을 보고 출발한 지 한 시진이 넘었다.

시간 여유가 조금쯤 더 있기는 하지만 계속 찾아보는 것은 무의미할 것 같다는 생각이 들었다.

그가 돌아가려고 담 쪽으로 몸을 돌리려고 하는데 전각의 전문으로 한 명의 여고수가 나오는 것을 발견했다.

삼명계주와 비슷한 복장인 것으로 미루어 적명의 수하가

분명할 듯했다.

 여고수가 한 명도 보이지 않아서 잘못 짚었나 여겼는데, 이곳에 명계의 여고수가 있다면 적명이 있을 가능성이 있는 것이다.

 대무영은 여고수를 뒤쫓아 가다가 한적한 곳에서 제압하여 적명의 행방을 알아내기로 마음먹었다.

 그런데 여고수가 갑자기 대무영이 고개만 내밀고 내다보고 있는 전각 모퉁이로 달려오기 시작했다.

 대무영은 움찔 놀라서 다급히 모퉁이 안쪽으로 고개를 디밀었다.

 '들킨 건가?'

 전문에서 나오던 여고수는 정면을 주시하고 있었기 때문에 들켰을 리가 없다.

 그렇다면 무엇 때문에 갑자기 이쪽으로 달려오는 것인가. 대무영은 순간적으로 갈등했다.

 만약 그가 있는 전각과 전각 사이의 골목 안쪽으로 여고수가 달려 들어온다면 들킨 것으로 간주하고 공격할 수밖에 없다.

 그러나 골목 앞으로 스쳐 지나갈 수도 있다. 그럴 경우에는 추격해서 제압한다. 어쨌든 장원 내에서 제압하는 것은 무리가 따른다.

그렇게 작정하고 대무영은 훌쩍 수직으로 신형을 솟구쳐서 전각을 등지고 일 장 높이의 벽에 등을 찰싹 밀착시킨 채 골목 입구를 주시했다.

획!

그가 위로 솟구쳐서 한 호흡쯤 지났을 때 여고수가 골목 안쪽으로 꺾어져서 빠르게 쏘아 들어왔다.

그러나 공격하려고 오른손에 외공기를 주입하여 잔뜩 벼르고 있던 대무영은 그만두었다.

여고수가 대무영을 찾을 생각도 하지 않고 그냥 골목 안쪽으로 계속 달려가고 있기 때문이다.

그녀는 대무영을 발견했던 것이 아니고 그저 이곳으로 지나가려던 것이었다.

여고수는 중평장 뒷담을 넘어 노송이 드문드문 서 있는 숲 속을 경공술을 전개하여 쏘아갔다.

가고 있는 방향이 북쪽인 것으로 미루어 무창포구가 목적지인 것 같았다.

대무영은 멀리 갈 것 없이 이 숲 속에서 여고수를 제압하기로 마음먹었다.

그는 여고수가 자신을 발견하고 공격할지도 모르기 때문에 불시에 급습하기로 했다.

강호에서는 남자가 여자를 습격하는 행위는 파렴치한 짓으로 금기시되어 있으나 대무영은 그따위는 모른다.

 설혹 안다고 해도 상관하지 않는다. 목적을 위해서는 수단 방법을 가리지 않는다는 것이 그의 성격이고 평소 지론이기 때문이다.

 추격하던 그는 오른쪽으로 크게 반원을 그리며 휘돌아서 앞질러가 나무 뒤에 숨었다.

 슷—

 아무것도 모르는 여고수가 달려가고 있을 때 느닷없이 오른쪽 반 장 거리의 나무 뒤에서 대무영이 유령처럼 나타나 그녀를 덮쳐갔다.

 "……!"

 여고수는 대무영의 얼굴을 발견하지도 못했다. 단지 오른쪽에서 어떤 물체가 쏘아오는 것을 느끼고 얼굴을 돌리려고 했을 뿐이다.

 투우…….

 그러나 그녀는 덮쳐오는 물체가 무엇인지 확인도 하지 못한 상태에서 뭔가가 자신의 오른쪽 어깨를 쓰다듬는 듯한 느낌을 받았다.

 너무도 미약해서 마치 미풍이 어깨를 스치는 것 같다고만 여겼을 뿐이다. 그러나 그것은 대무영의 손이 그녀의 어깨를 스친 것이었다.
 우두둑!
 "으어……."
 그러나 그녀는 상체가 뒤로 확 젖혀지면서 오른쪽 어깨가 뒤로 꺾여 버렸다.
 도저히 인간의 몸으로는 그런 자세가 나올 수 없다. 오른쪽 어깨와 팔이 마치 종이를 접듯이 뒤쪽으로 접혀지는 바람에 경공술로 달려가던 그녀는 거짓말처럼 그 자리에 푹 고꾸라지듯이 무너지고 말았다.
 그리고 언제 나타났는지 그녀 앞에 대무영이 우뚝 서서 굽어보고 있었다.
 그가 방금 전개한 수법은 십단금의 액혼절(搤魂折)이라는 것으로, 단지 슬쩍 쓰다듬는 것만으로 그 부위의 뼈와 근육을 한꺼번에 원하는 대로 꺾어버리는 것이다.
 여고수는 오른쪽 어깨와 팔이 뒤로 완전히 접혀졌지만 신기하게도 뼈가 부러지진 않았다.
 하지만 고통은 상상을 초월할 정도라서 차라리 죽는 것이 낫다고 생각할 지경이다.
 그런데 어찌 된 일인지 입에서는 비명은커녕 신음 소리조차 새어 나오지 않았다.
 대무영이 그렇게 만든 것이다. 즉, 그녀의 어깨를 꺾어 뒤로 접으면서 목의 성대를 잡아당겼기 때문에 낮은 목소리는 나오는데 고음의 비명은 지를 수가 없는 상태다. 억지로 소리를 지르려고 한다면 목의 힘줄이나 성대가 도막도막 끊어져 버릴 것이다.

투둑… 찌이…….

그녀의 오른쪽 어깨가 뒤로 접히면서 옷이 팽팽해지는 바람에 앞섶과 젖 가리개가 동시에 뜯어지고 찢어지면서 갑자기 뽀얗고 풍만한 젖가슴이 퉁 튀어나왔다.

가까이 다가서던 대무영은 젖가슴을 발견하고 멈칫하면서 급히 외면했다.

하지만 그 상태로 여고수를 심문할 수는 없는 노릇이라서 엉거주춤 그녀 앞에 쪼그리고 앉아서 옷을 여며주려고 외면한 채 두 손을 내밀어 더듬거렸다.

물컹…….

'이크…….'

그런데 쳐다보지 않고 더듬거리다가 보드랍고 따스한 젖가슴을 떡 주무르듯이 주무르고 말았다.

"빌어먹을……."

그는 미간을 좁히며 투덜거렸다. 어서 여고수를 족쳐서 적명의 행방을 알아내는 것이 급선무인데 느닷없이 튀어나온 젖가슴 때문에 쩔쩔매고 있는 자신이 한심스러웠다. 그래서

다 무시하기로 했다.

 그는 여고수 앞에 한쪽 무릎을 꿇고 앉아서 손을 뻗어 그녀의 머리를 덥석 잡아 똑바로 앉혔다.

 "으으……."

 상의가 찢어져서 양쪽의 뽀얀 맨살 어깨는 물론 두 개의 젖가슴까지 드러낸 여고수는 오른쪽 어깨가 뒤로 발라당 젖혀진 기이한 자세로 비 오듯이 식은땀을 쏟으면서 신음을 흘렸다.

 비명이라도 맘껏 지르면 조금쯤 속이 시원할 텐데 그러지도 못하는 상황이라 죽고 싶은 심정이다.

 "으으… 주… 죽여다오……."

 그녀는 대무영이 누군지도 궁금하지 않았다. 단지 너무 고통스러워서 죽게 해달라고 애원했다.

 대무영은 그녀의 머리를 잡고 자신을 똑바로 보게 했다.

 "적명이 어디에 있는지 말하면 죽여주마."

 "아아… 장원… 중평장… 서쪽 붉은 지붕 전각의 지하연공실에… 어서… 제발……."

 여고수의 눈에서 굵은 눈물이 방울방울 흘러내리고 있는데 그것은 고통의 눈물이다.

 그리고 그녀는 맑고 투명하게 젖은 눈동자로 대무영을 간절하게 바라보았다.

대무영은 방금 전까지 그녀가 제대로 대답을 하면 깨끗이 죽이려고 생각했으나 그녀가 눈물을 흘리고 또 맑은 눈망울을 보니까 그런 생각이 사라졌다.

인간의 본성은 선하다는 생각이 문득 든 것이다. 또한 이 여고수는 대무영에게 해를 끼친 적이 없다. 단지 그가 제압하여 고통을 주고 있는 것이다.

대무영은 잠시 생각에 잠겼다. 중평장 내부를 그렇게 뒤졌어도 적명을 찾지 못한 이유는 그녀가 지하연공실에 있었기 때문이다.

여고수는 적명의 위치를 정확하게 알려주었으므로 구태여 죽일 필요가 없다.

그는 몸을 부들부들 떨면서 극심한 고통에 허덕이고 있는 여고수를 잠시 물끄러미 응시하다가 손을 뻗었다.

투툭…….

단 한 번 쓰다듬는 것으로 여고수의 뒤로 젖혀졌던 어깨가 똑바로 펴졌다.

퍽…….

"흐윽!"

그러나 그게 다가 아니다. 대무영은 그녀의 어깨를 똑바로 펴주는 것과 동시에 다른 수법을 전개했다.

파결지를 전개하여 여고수의 기해혈, 즉 단전을 터뜨려 버린 것이다.

강호인은 단전이 터지면 공력을 잃어버린다. 다시 말해서 무공을 잃는 것이다.

"아……."

여고수는 자신의 무공이 사라졌다는 사실을 모르고 온 얼굴이 땀과 눈물로 범벅이 되어 대무영을 바라보았다. 그가 자신을 죽이지 않고 오히려 고통이 사라지게 해주었다는 사실에 놀란 것이다.

대무영이 일어서자 그녀는 깜짝 놀라며 엉거주춤 따라서 일어섰다.

이 순간의 그녀는 그가 적이며 자신을 급습했다는 사실을 잠시 망각했다.

지독한 고통에 허덕이다가 갑자기 해방되었고, 대무영의 행동에 놀랐기 때문이다.

"아……."

그녀는 일어서다가 갑자기 균형을 잃고 비틀거리면서 두 손으로 대무영을 붙잡았다.

적인데도 불구하고 한손으로는 그의 팔을 다른 손으로 가슴에 손을 얹었다.

대무영은 그녀를 굽어보며 조용히 말했다.

"내가 너의 무공을 폐지했다. 고향으로 가거나 어딘가에 가서 정착해서 살아라."

"……."

대무영은 그녀의 손을 한 번 잡아주고는 그녀를 스쳐서 곧장 중평장을 향해 달려갔다.

여고수는 망연자실하여 그대로 서 있었다. 한순간에 무공을 잃었다는 사실이 믿어지지 않았다.

그 사실을 냉엄한 현실로 받아들이기까지는 많은 시간과 자제력이 필요했다.

"내가 무공을 잃어……?"

그녀는 그 자리에 풀썩 주저앉았다. 그리고 한동안 앉아 있으면서 많은 것을 깨달았다.

조금 전 지독한 고통에 허덕일 때는 모든 것이 다 필요 없고 그저 죽고만 싶었었다.

그녀가 요구했던 대로 만약 대무영이 살수를 전개했다면 그녀는 지금 살아 있지 못할 것이다. 하지만 지금 그녀는 살아 있다.

옛날 말에 개똥밭에 굴러도 저승보다는 이승이 훨씬 낫다고 했다. 죽으면 그걸로 끝이고 어떻게든 살아 있는 게 좋다는 뜻이다.

하염없이 눈물이 흘렀다. 왜 우는지 몰랐다. 그저 자꾸 눈물이 났다.

문득 그녀는 자신의 손에 뭔가 있는 느낌이 들었다. 손바닥을 펴보니까 누렇게 반짝이는 금화 열 냥이 쥐어져 있는 것이 눈물 너머로 보였다.
 아까 대무영이 쥐어주고 간 것이다. 금화 열 냥이면 은자 오백 냥이다.
 그거라면 어디를 가든 정착할 수 있을 것이라고 대무영은 생각했던 모양이다.
 여고수는 비틀거리면서 일어나 한동안 중평장 쪽을 힘없이 바라보다가 이윽고 몸을 돌려서 가던 방향하고는 다른 방향으로 걸어가기 시작했다. 그녀는 손안의 금화를 힘껏 꼭 쥐고 있었다.

 적명이 있다는 지하연공실로 내려가는 통로는 정말 허술하기 짝이 없었다.
 바깥에는 물론 일 층에서 지하로 통하는 입구나 지하통로에 단 한 명의 여고수도 보이지 않았다.
 이것은 방심이 아니다. 적명은 강호에 전혀 알려지지 않은 존재이고, 그래서 적이 없기 때문이다.
 그러나 대무영이 무인지경처럼 달려서 전방의 모퉁이를 돌았을 때 앞쪽 삼 장 거리에 한 명의 여고수가 벽을 등지고 우뚝 서 있는 것을 발견했다.

대무영이 워낙 추호의 기척도 없이 달려왔기 때문에 여고수는 아무것도 감지하지 못한 채 정면만 주시하고 있었고, 대무영은 그녀의 왼쪽에서 곧장 짓쳐가며 오른손을 앞으로 쭉 뻗었다.

 순간 그의 손에서 붉고 흐릿한 빛이 번갯불 같은 속도로 뿜어져 나갔다.

 손이라고는 하지만 손바닥이라고 할 수도, 손가락이라고도 할 수가 없다.

 왜냐하면 그의 몸속에 내재되어 있던 적삼족오가 팔을 타고 손끝으로 뿜어진 것이기 때문이다.

 대무영은 삼족오검법을 연마하는 과정에서 삼족오와 영신합일을 이루었었다.

 그리고 몸속에 있는 적삼족오와 청삼족오를 몸 밖으로 발출할 수 있다는 사실을 깨달았다. 이후 부단히 수련하여 공격수단으로 사용할 수 있게 되었다.

 그것은 장법도 지공 같은 것도 아니다. 단지 영력을 발출하는 것이다.

 사아…….

 붉은빛 적삼족오가 여고수의 상체를 스쳤다. 그러나 그녀는 어떤 상해도 입지 않았다. 단지 갑자기 정신을 잃으면서 힘없이 그 자리에 무너지고 있었다. 대무영이 죽이지 않고 혼절만 시켰기 때문이다.

동이검, 아니, 천지검으로 발출된 삼족오는 반드시 적을 죽이지만, 몸으로 발출하는 삼족오의 영력으로는 적을 죽일 수도 있고 혼절시킬 수도 있으며 그 밖에 다른 능력도 있다.

방금 그는 삼족오의 영력으로 여고수의 기혈을 흐트러서 잠시 혼절을 시킨 것이다.

대무영은 빠르게 달려가서 쓰러지고 있는 여고수의 몸을 가볍게 붙잡아 통로 맞은편에 조심스럽게 눕혔다.

그가 쳐다보니 방금 전에 여고수가 서 있던 뒤쪽에는 하나의 석문이 있었다.

석문 옆에 약간 돌출된 둥근 것이 있는데 아마도 석문을 여는 장치인 것 같았다.

대무영은 석문 틈에 귀를 대고 안의 기척을 살폈으나 아무 소리도 흘러나오지 않았다.

그는 석문 안쪽에 적명이 있을 것이라 확신하고 망설임 없이 돌출된 장치를 눌렀다.

그그긍…….

둔중한 음향과 함께 석문이 안쪽으로 열리기 시작하자 대무영은 유령처럼 빠르게 안으로 스며들면서 만약의 사태에 대비했다.

그러나 우려하던 일은 일어나지 않았다. 그럴 만한 상황이 아니기 때문이다.

 대무영은 그리 크지 않은 석실의 중앙에 놓인 석대 위에 이상한 모습의 여자가 가부좌의 자세로 앉아 있는 것을 발견하고 뜻밖이라는 표정을 지었다.

 그 여자는 대무영으로서는 처음 보는 신기한 모습을 하고 있었다.

 머리끝에서 발끝까지 온통 백일색이며, 치렁치렁 늘어뜨린 머리카락이 온통 백발이다.

 그뿐만 아니라 눈도 백안이며 눈동자가 있지만 그 역시 눈처럼 희다.

 살결은 핏줄이 훤히 내비칠 정도의 투명하기 짝이 없고, 두 손을 덮고 있는 상의나 석대 윗부분을 온통 덮고 있는 긴 치마도 눈부신 백색이다.

 희한한 모습이지만 대무영은 그녀가 바로 적명일 것이라고 생각했다.

 그가 보기에 적명은 운공조식을 하고 있는 것 같았다. 하지만 실제 그녀는 한 가지 특별한 무공을 완성하기 위해서 연공(鍊功)을 하고 있는 중이다.

 그때 문득 그는 적명의 미간이 슬쩍 좁혀지는 것을 발견하고 즉시 공격태세를 갖추었다.

 그녀는 자신이 연공을 하고 있는 중에는 아무도 석실 안으로 들어오지 말라고 엄명을 내렸었는데, 방금 전에 석문이 열리는 소리를 듣고는 기혈이 심하게 흔들렸던 것이다.

 그녀는 연공을 잠시 중지했다. 석실에 들어온 사람이 수하라고 여기고 뭔가 중대한 보고를 하려는 것이 분명하다고 짐작한 것이다.

 그녀는 눈을 뜨는 순간 자신의 세 걸음 앞에 낯선 사내가 우뚝 서서 자신을 물끄러미 주시하고 있는 것을 발견하고 움찔했다.

 그 순간 사내가 슬쩍 손을 뻗는 것 같더니 흐릿한 붉은 기운이 뿜어져 그녀를 스치는 순간 정신을 잃고 말았다.

 대무영은 적명이라고 확신하는 여자를 어깨에 메고 즉시 석실을 빠져나갔다.

『독보행』 7권에 계속…

이제부터 전자책은
이젠북

www.ezenbook.co.kr

새로운 세계가 열린다!

서현 『조동길』 남운 『개방학사』 백연 『생사결』
목정균 『비뢰도』 좌백 『천마군림』 수담옥 『자객전서』
용대운 『천마부』 설봉 『도검무안』 임준욱 『붉은 해일』
진산 『하분, 용의 나라』 천중화 『그레이트 원』

이름만 들어도 황홀할 정도의 별들의 향연!

이들의 "유료연재"가 시작됩니다!

渡 涯 사 海 천애협로

촌부 新무협 판타지 소설
FANTASTIC ORIENTAL HEROES

『우화등선』, 『화공도담』의 뒤를 잇는
작가 촌부의 또 하나의 도가 무협!

무림맹주(武林盟主), 아미파(峨嵋派) 장문인(掌門人),
군문제일검(軍門第一劍), 남궁세가(南宮勢家)의 안주인.

그들을 키워낸 어머니-
진무신모(眞武神母) 유월향(柳月香)!

어느 날, 그녀가 실종되는데……

"하, 할머니는 누구세요?"

무한삼진의 고아, 소량(少兩)에게 찾아온 기이한 인연.

세상과 함께 호흡을 나눌 수 있다면[天地同息]
천하의 이치를 모두 얻으리래[天下之理得]!

이제, 천하제일인과 그녀가 길러낸
마지막 자손의 이야기가 펼쳐진다!

Book Publishing CHUNGEORAM
WWW.chungeoram.com

생존록

홍준성 퓨전 판타지 소설

FUSION FANTASTIC STORY

대한민국 평범한 청년 정우성.
어느날 합숙을 가러 집을 나섰는데,

휘이이잉-

"이, 이게 무슨……?"

눈앞에 펼쳐진 설원.
설원을 지나니 이번엔 밀림이?

보랏빛 행성이 하늘에 떠 있고 나무가 살아 움직인다.

"살아남아 반드시 지구로 돌아가리라!"

베인의 이계 생존록.
살아남기 위한 그의 처절한 노력이 시작된다.

Book Publishing CHUNGEORAM

유행이 아닌 자유추구 -
WWW.chungeoram.com

十萬對敵劍

Fantastic Oriental Heroes

십만대적검

오채지
新무협 판타지 소설

**개파 이래 한 번도 고수를 배출한 적 없는
오지의 산중문파 제종산문.**

무려 십칠 대에 이르러서야 마침내 괴물 같은 녀석이 나타났다!
하지만 그는 세상사에 초연하기만 하고,
속 터진 사부는 천일유수행(千日流水行)을 핑계 삼아
제자를 산문 밖으로 내쫓는데……

『십만대적검』!

**바깥세상이 궁금하지 않았던 청년 장개산의
박력 넘치는 강호주유기!**

Book Publishing CHUNGEORAM

www.chungeoram.com

이문혁 장편 소설
FUSION FANTASTIC STORY

PURSUER
퍼슈어

**「난전무림기사」, 「마협 소운강」의 작가 이문혁
그가 그려내는 현대물의 신기원!**

서울 서초구 고층 빌딩 사이에 존재하는
아는 사람만 아는 미지의 건물 봉 센터.
베일에 쌓인 그곳에 오늘도
정보에 목마른 자들이 왕래한다.

정계의 비밀부터 국가 기밀까지.
혹은 사회를 떠들썩하게 만든 사건의 정보까지!
원하는 모든 것을 찾아주나.
아무나 그곳을 찾을 수는 없다!

**그대여, 이런 현대물을 본 적이 있는가!
이 세상의 어둠 속에서 숨 쉬는
또 다른 세상의 이면을 즐겨라!**

김중완 장편 소설

FUSION FANTASTIC STORY

서린의 검

Seorin's Sword

2013년 봄과 함께 찾아온 청어람 추천작!
『로드 오브 마스터』, 『신검신화전』의 김중완.
그가 돌아왔다!

번개와 함께 찾아온 검.
그 검과 찾아든 기연은 운명을 개척한다!

그 어떤 누구도 그가 가는 길을 막을 수 없다!
절대 강자 서린의 호쾌한 독보를 기대하라!

"내 앞을 막지 마라! 이것이 나의 검이다!"

우리는 그를 가리켜 검의 주인, 마스터라 부른다!

『서린의 검』

Book Publishing CHUNGEORAM

www.chungeoram.com